メルティ
『ほーら。コースケさんのだぁい好きなおっぱいですよー？』

ベルタ
エレ

オノーラ
アマーリエ
ースケ

シルフィエル
『そんなに乳が良いなら
私の乳を好きにしたらいい』

CONTENTS

プロローグ　各国の思惑が絡み合う乱世でサバイバル！　007
第一話　現実はおとぎ話よりも苦い　013
第二話　さりとて現実は待ってくれない　041
第三話　西からの来訪者　069
第四話　国内平定に奔走する　101
第五話　せいなるおとめたち　155
第六話　バッタ騒動　183
第七話　東からも来訪者　223
エピローグ　致命的な亀裂　261

Different world
survival to
go with the master

リュート
Illustration
ヤッペン
ご主人様とゆく
異世界
サバイバル!
Different world
survival to
go with the master

プロローグ～各国の思惑が絡み合う乱世でサバイバル！～

やぁ、コースケだよ。旧メリナード王国の王都、メリネスブルグに迫ってきた聖王国の六万にも及ぶ討伐軍を魔法式の高機動車のようなものに載せた汎用機関銃と、ハーピィさん達が投下する航空爆弾で粉砕したコースケだよ。

六万の軍隊を数十人程度で撃破するとかそれなんて無理ゲー？　と普通ならそう言うところなんだけど、十倍以上の射程差と圧倒的な火力と機動力をもって引き撃ちすればまぁこんなものだよねっていう。更にハーピィさん達による航空優勢と航空監視、ゴーレム通信機による情報リンクまで完璧に整えたから。

そもそもの話、聖王国軍の戦力運用が基本的に兵士を密集させて物量で磨《す》り潰《つぶ》すって感じの内容だったから、汎用機関銃と航空爆弾の良い的だったたっていうのもあるけども。

とにかくそんな感じで聖王国軍を撃退というか撃滅した俺達なのだけども、派手なパーティーを開いた後にはお片付けという重労働が待っているわけでして。

まぁ何にせよ一区切りだ。これだけの損害を出せば聖王国もしばらくはメリナード王国方面にちょっかいを出す暇はなくなるだろうし、王都を押さえた俺達は次の問題に取り掛かることができるというわけで。

それはそれで頭が痛いんだが、勝ったからにはまずやることがあるね？

「はーい、というわけで我々は討伐軍を撃破しました。拍手ー」

「わーい」「はいはい」「なのです」

ぱちぱちぱち、と拍手をしてくれるスライム三人娘。

◆◆◆

戦場から戻ってきた俺達は、ささやかながら戦勝を祝う宴を開催していた。

兵達にも豪華な料理と酒を饗《きょう》しており、俺達とはまた別の場所で楽しんでもらっている。戦場の後片付けをしている聖王国軍の監視任務に就いている兵と、メリネスブルグの警邏《けいら》に出ている兵達は貧乏くじだけどな。

彼らには後で臨時ボーナスと休暇を支給することになっているので、それはそれで我慢して欲しい。

そんな感じで騒ぐ俺とスライム娘達を、少し離れたところからイフリータが横目で見ていた。

「ねぇ、本当なの？　朝出ていったと思ったら夕方に帰ってきて勝ったとか言われて拍子抜けなんだけど」

「本当なのであるな。吾輩が剣を抜くまでもなく、コースケの配下が六万からなる討伐軍のうち半数ほどをほんの半刻ほどで死傷させたのである。吾輩は終始デッカード殿の側で戦場を眺めていただけなのである」

「……嘘っぽいわ」

「イフリータ姫殿下がそう感じるのはよく分かるのであるが、事実なのであるな」

レオナール卿が肩を竦《すく》める。

俺がやったみたいな風に言ってるけど、俺こそなんにもしてないからな。精々《せいぜい》運転手と移動式補給拠点をやってただけで、武器を手にしてすらいない。主にあの場で頑張ったのはハーピィさん達の爆撃部隊と銃士隊の面々だ。特に、銃士隊の面々に関してはメンタルケアが必要かもしれないからな。後でザミル女史にでも相談してみよう。レオナール卿でもいいけど。

聖王国軍を撃退し、聖騎士の金髪イケメン少年や魔道士団の爺さんと話をつけた俺達は監視にハーピィさん達と銃士隊の半数を残し、メリネスブルグへと戻ってきた。

今頃聖王国軍は負傷者の治療と戦場の片付けに大忙しだろう。夜になれば血の臭いに惹かれて魔物もそこらじゅうから現れるだろうから、遺品や遺体の回収に奔走することになったはずだ。

そして、明日以降も奴らと顔を合わせて、賠償金代わりの補給物資の引き渡しやら脱走兵狩りについての話やらをしないといけない。あれだけ滅茶苦茶にボコされた軍の士気の低下は深刻だろうから、きっと脱走兵も相当数出ているだろう。装備を持ったままの脱走兵の末路なんて賊が良いところだろうからな。正直頭の痛い問題になりそうだ。

彼らの補給物資に関しては六万もの大軍が半数ほど減ったのに加え、元からメリネスブルグでの攻城戦を想定していたとのことで、かなり潤沢であるという話だった。そっち方面の不満から脱走兵が出るようなことはなさそうなのだけが救いか。これ以上戦闘をするつもりもないということであれば、ちゃんと飯も出る環境で国許まで帰ることができた方が、兵士達としてもお得だろうからな。

「今後の動きはどうなるの？」

「さて、外交戦になるか、それとも更なる戦力を差し向けてくるか……何《いず》れにせよここまでの惨敗を喫したということになれば、暫《しばら》くは大人しくなるだろうと考えています」

「そう……私にもできることがあったらなんでも言ってね、シルフィ」

「はい、ドリー姉様」

こちらではイフリータがレオナール卿に今日の戦について説明を求めていたが、あちらではシルフィがドリアーダさんやアクアウィルさん、それにセラフィータさんも交えて今後について話し合っているようである。

「それほどまで、ですか」

「ええ、凄まじい光景でした。恥ずかしながら、足が震えるような光景でしたよ」

「コースケの作り出す武器の威力は凄い。でも、コースケはモノを作るのは好きだけど、実際にそれを使って何かを傷つけるのはあまり好きじゃない。畑とか、服とか、食べ物とか、他にも人の役に立つ道具を作っている方が楽しそう」

あっちではデッカード大司教やカテリーナ高司祭、それにエレンを加えたアドル教勢にアイラが加わって俺の話をしているようだ。確かに、人殺しをしているよりは何かを作っていたほうが遥かに気が楽だけどさ。武器を作るのは嫌いじゃないけどな。何かに備えて色々と、それこそ武器を含めて色々と作るのは好きだ。どんな事態にも対処できるよう準備をするのが楽しいのである。

「コースケ」

「ん？」

声に振り返ると、グランデが俺の傍に立っていた。俺はどんな状態かと言うと、いつの間にかライムに絡みつかれて強制的にライム椅子に座らされてしまっているという威厳も何もない姿である。

頭の後ろにあるのはやわらかヘッドレストであっておっぱいではない。良いね？

「どうした？」

「んー……」

なんだかよくわからないが、グランデがライム椅子に座る俺によじ登ってきて、俺の頭を薄い胸に抱き、ごっつい爪の生えた手でゴリゴリと撫で始めた。新手の頭皮マッサージか何かかな？

「本当にどうした？」

「戦いから帰ってきた男を慰めるのが良い女だって母上が言っていたのじゃ」

「そっか。まぁ今回はそんなにダメージ受けてないけどな」

「そうか？」

「そうだよ」

「ふむ……」

しかしグランデは俺の頭をゴリゴリするのをやめるつもりはないようだ。ちょっと痛いが、グランデがこうやって俺を甘やかしてくれるのは珍しいからされるがままにしておこう。

はー、しかし何だか落ち着く気がするな。ちょっと痛いけど。大事なことだからもう一回言うけど。

そんな感じで俺は宴の間中グランデやスライム三人娘に甘やかされるのだった。

フョ…
ゴリッ

第一話

現実はおとぎ話よりも苦い

邪悪な敵国の兵隊どもを追い払い、平和な時代が訪れた！

とは行かないのが現実というやつである。戦争で勝ったらそれだけで万事丸く収まるのは子供向けの物語の中だけだ。戦っているその瞬間よりも、戦いが終わった後の後始末のほうが何倍も手間がかかるというのが現実というやつの辛いところである。

「まぁ、それでもこっちは勝ったほうだし、死者どころか負傷者もいないから戦後処理は楽な部類だよな」

「聖王国との戦争に関してだけはな。それよりも今は国内の平定が急務だ」

「それだよなぁ」

討伐軍との決戦が終わったその夜。風呂から上がってまったりとくつろぎながら俺は天井を見上げた。

今回、メリネスブルグを聖王国の討伐軍に押さえられるより先にこちらが押さえるために、俺達解放軍はかなり無理をした。アーリヒブルグからメリネスブルグに至る道中にある街や砦の聖王国軍を急襲して撃破し、迎撃準備がろくに整っていないメリネスブルグを占領したのだ。

おかげで解放軍の補給線は延びに延びきって――。

「補給線が延びに延びきってるわけじゃないんだよな」

「コースケがここにいるからな」

「コースケは動く補給基地。しかもごく短期間で、自前の、供給能力を持つ補給拠点を作る能力まで持っている。いわゆるズル。コースケの世界の言葉でちーと、というやつ」

お風呂上がりに俺が出したフルーツ牛乳を手にアイラが呟く。

「まぁ、確かにズルだわな」

一日で広大な面積の畑を作り、早ければ三日で作物を収穫できるようにするとか兵糧の心配イズどこ？　みたいな感じになるよね。俺が手を入れなくても、俺が畑さえ作ってしまえば一週間や二週間で山程の作物が収穫できるのだ。

武具や住居などの類も材料さえあれば俺が大量に生産できるし、資金に関しても岩場に行って岩をガンガン掘るだけで簡単に宝石の原石やミスリルがごろごろと手に入る。

軍レベルの集団に必要な食い物と武具と金の問題を一人で解決し、また解決しうる施設をいくらでも設置できる俺は紛れもなく『チート』な存在だろう。シミュレーション系のゲームで言えば仲間にしているだけで食料、資材、金を生み出し、更に拠点の生産能力を上昇させ続けるチートユニットってところだろうか。しかも既存の軍事技術を完全に無視した超強力な兵科《へいか》を作り出せるようになるというおまけ付き。

「いや、本当にズルだな？」

味方からすれば頼もしい限りだろうが、敵からすれば「そんなんチートや！」って言いたくなるような存在だな？　俺が敵ならなんとしても奪い取るかぶっ殺すかするわ。

「城の外には極力出ないように。もし出るなら、可能な限りグランデかメルティ、或いは私を連れて歩け。ザミルやアイラだけでは不安だ」

「むぅ……」

アイラが不満げな声を上げるが、それ以上は文句を言わない。アイラは強力な魔法使いではあるが、身体能力はさほど高くない。真正面からの戦いであれば大抵の敵を魔法で打ち砕けるが、不意打ちには弱いのだ。

その点、グランデはなりこそ小さいがグランドドラゴンなだけあって規格外の頑丈さとパワーを持っているし、空も飛べる。メルティは魔神種という突然変異種のような存在で、そのパワーとスピードは単体でグランデすらをも圧倒するスペック。

そしてシルフィはエルフの戦闘特化種のような存在で、メルティと同格レベルの戦闘能力を持つ——らしい。俺はシルフィが戦っているところをこの目で見たことが殆どないのだが、伝え聞くにはそうらしい。

つまり、この三人のうちの誰かを連れていなければ城の外に出るのは危険だと、シルフィはそう判断したのだろう。

え？　城の中なら良いのかって？　城の中にはメルティとほぼ同格の戦闘能力を持つスライム娘が三人いて、常に俺やシルフィ、そしてシルフィの家族である王族の警護についているので何の心配もない。彼女達は契約によって城から出られないが、逆に言えば城の中では無敵である。

物理攻撃の効かない身体《からだ》、魔法で消し飛ばしても再生する能力、岩をも破壊する物理的破壊力、複数の魔道士による合唱魔法に対抗できる魔法能力、そして密閉空間で毒ガスを発生させる能力など、城という限定された空間の中では対処が難しく、実に厄介極まりない能力を彼女達は持っているのだ。

「じょうないの、けいごはおまかせー？」

「城の中にいれば安全は保証するわ」

「私達の目をかいくぐってコースケに何かをするのは不可能なのですよ」

三人のスライム娘が部屋の隅や天井、棚の隙間などからにゅるんと現れる。

悪意ある侵入者にとって多くの厄介な能力を持つ彼女達であるが、中でも一番厄介なのはこれだろう。彼女達は複体と呼ばれる分身のようなものを城の各所に配置しており、常に多方面の監視と警備を行っている。言うなれば生体警備システムのようなものである。

「もどりましたー、ってもうお風呂入っちゃったんですかぁ」

「残念ですっ」

「しゃあないなぁ。埃《ほこり》っぽいまんまで旦那さんに近づくのも良くないさかい、まずはお風呂行きましょ」

「うん」

ピルナを先頭にどやどやとハーピィさん達が戻ってきた。

このところ働き詰めの彼女達であったが、流石《さすが》に大規模な討伐軍を追い払ったのだから少しは気が抜けるだろう、ということで、今晩から交替で三日間の休養を言い渡されているのである。

今帰ってきたのはハーピィさん達のまとめ役である青羽ハーピィのピルナだ。その他に茶色羽ハーピィのペッサー、同じく茶色羽ハーピィのカプリと黒羽ハーピィのレイも帰ってきたようだ。

他のハーピィさん達も順次戻ってくるだろう。俺にできることは身を粉《こ》にして働いてくれた彼女達を最大限もてなすくらいのことであるので、これからの三日間はできるだけ彼女達の希望に沿っていきたい。最近ハーピィさん達はずっと忙しく飛び回っていて、一緒に過ごす時間がかなり減ってしまっていたからな。

「俺ももう一回お風呂に行ってくるわ」

「のぼせないように気をつけるんだぞ」

「ん、あまりお風呂に入りすぎても毒」

「気をつける」

シルフィとアイラに手を振って俺はお風呂場に向かい、ピルナ達と一緒に再びお風呂に入った。ハーピィさん達の華奢《きゃしゃ》な背中とか、細身の身体のラインとか、濡れた羽の手触りとか色々と堪能しました。はい。良いものだったよ。

◆
◆
◆

次々に戻ってくるハーピィさん達に加えてメルティまで乱入してきて、最終的に風呂でのぼせてぶっ倒れてしまったその翌日。

「まずは消費した弾薬の補充と軽機関銃の整備か」

中庭の片隅に作った作業小屋で、ゴーレム作業台と鍛冶施設にそれぞれクラフト予約を詰め込んでいく。

エアボードと軽機関銃で武装した銃士隊は強力だが、無敵ではない。彼らが一度に携行できる弾薬には限りがあるし、全力戦闘後はこのように補給と整備が必要だ。消費する弾薬もとんでもない量で、現状ではこんな戦闘を三日も続ければ弾薬の供給が追いつかなくなってしまう。

今回の討伐軍くらいの規模であればどんなに上手く兵を用いられても撃退は出来たと思うが、こちらの補給能力を凌駕するほどの物量をけしかけられていたらと思うとゾッとする。

「その時はドカンと一発食らわせてやるしかなかったな」

インベントリに入っているパラシュート付きの魔煌石《まこうせき》爆弾を確認しながら溜息を吐《つ》く。

今回は幸いなことにこいつを使う必要がなかったが、次はどうかわからない。計算上、この魔煌石爆弾は、アーリヒブルグをまるごと吹き飛ばすくらいの威力があるとアイラは言っていた。こいつを食らわせれば何万の軍隊だろうが一撃だ。

「でもさすがにこいつはなぁ……」

こいつを使えばこの世界のどんな国の軍隊だってイチコロだろう。一切の生き残りを出さずに数万の兵士を一撃で消し飛ばせる。目撃者が文字通り全員消えるのだから、対策の取りようもない。だが、これを使うには並々ならぬ覚悟がいると俺は思っていた。

「何がさすがになのですか？」

「うおぉっ⁉」

突如背後から聞こえてきた声に俺は思わず叫び声を上げてしまった。振り返れば、そこにいたのはエレンであった。今日も防御力高めな、いかにも聖女って感じの豪華な僧衣を着ている。

「な、なんですかそんなにビックリして」

「いや、完全に油断していたところに急に声をかけられてびっくりした。朝のお勤めか？」

「はい、終わらせてきました。それで、何がさすがにこいつはなんですか？」

ジッとエレンが俺の顔を見つめてくる。

アイラによると彼女の目は一種の魔眼で、彼女が見ている人間が嘘を吐くとわかってしまうものであるらしい。実際、彼女はその能力を使って聖王国では真実の聖女として民衆からは崇《あが》められ、逆に摘発された不良神官や貴族達には恨まれていたのだという。

まぁ何が言いたいかというと、つまり彼女を相手に下手な誤魔化しは意味がないということだ。

「切り札を使う羽目にならなくて良かったと思ってな。今回はこの機関銃を使って討伐軍を追い払ったけど、本当はもっと凶悪で、一撃で何もかもを吹き飛ばしてしまえるようなモノも俺は持っているんだよ」

そう言って俺は、インベントリからヘビーバレル仕様の軽機関銃を取り出してみせた。

もとより11kg以上もある軽機関銃だが、銃身や機関部をこの世界独特の金属である黒鋼で作った結果、その重さは実に四割ほど増えて15kgを超している。これに50発装填のドラムマガジンをつけると更に重量は増える。

「持ってみても良いですか？」

「良いけど、重いぞ」

「ちょっとだけですから」

「気をつけろよ」

そう言って軽機関銃をエレンに手渡す。

俺はレベルが上がったせいか、それともレベル20突破で貰ったアチーブメントのせいか、これくらいのものなら苦労なく扱えるようになったが……細身のエレンではこいつは重かろう。

「むっ……確かに重いですね。解放軍の兵士はこんなものを振り回せるのですか」

軽機関銃をなんとか抱えたエレンがその重さに顔をしかめる。聖女様に軽機関銃という絵面はなかなかに強烈なインパクトだな。そういえばシスター服に拳銃とか短機関銃って組み合わせも良いものだよな。あれに通ずる良さがあるように思える。

「殴打する武器じゃないけどな。まぁ問題なく反動制御もできているみたいだし、これくらいなんでもないらしい」

「凄いですね。私はこんなものを抱えて歩くのも難しいです」

「だろうな」

エレンの手から軽機関銃を取り上げてインベントリに再びしまい込む。いまエレンに持たせていたのは俺のインベントリにしまっておいた保管用の一品だ。未稼働のまっさらな新品である。

いや、使うかどうかはともかくとして、作った武器を一つは使える状態で保管しておきたくなるのもサバイバーのサガ的なアレでね？

「それで、切り札というのは？」

「一撃で万単位の軍隊を全滅させられる危険物だよ。詳細は秘密だ」

「秘密ですか」

「秘密だ。こんなことは知らないほうが良いよ。解放軍でも知ってるのはほんの一部だからな。俺としては積極的に使いたいというようなものでもないし」

そう言うと、エレンは首を傾《かし》げた。

「そのようなものがあるのであれば、積極的に使えばいちはやく聖王国を屈服させられるのではないですか？」

「聖王国という存在を絶滅させるつもりならそうしただろうけどな。そこまでは俺もシルフィも考えてないんだ」

「そうですか……積もり積もった恨みもあるでしょうに」

「恨みのままに力を振るって一族郎党尽《ことごと》く滅ぼすなんてのは非現実的だし、そうするには聖王国はあまりにも大きすぎる。シルフィ達の恨みは深いけど、それでも現実を見据える目が濁るほどではないってことだな」

「それは聖王国の民にとっては幸運なことでしたね」

「なんだかこうして話していると、エレンの方が聖王国に恨みを持っていそうに聞こえるな」

俺の言葉でエレンは視線を向け、ぱちくりと瞬きをする。まるで俺の言葉がストンと腑に落ちたような表情だ。

「そうですね。きっと私は聖王国が嫌いなんです。滅びて欲しいと思うくらいに」

「穏やかな話じゃないな」

「コースケもきっとそう思いますよ。あの国の実態を色々と目の当たりにすれば」

エレンは溜息を吐き、視線を床に落とした。エレンは聖女としてアドル教や聖王国の中枢に近い部分をいくらでも目の辺りにしてきた筈だ。その彼女がこうまで言うとは、聖王国中枢の腐敗は俺が思っていたよりも酷いのかもしれない。

「まぁ、聖王国を積極的に滅ぼしにいくことは多分ないから、そのつもりでいてくれ。降りかかる火の粉は払うことになると思うけど」

「それは残念ですね。あのクソ教皇やクソ聖王が泣いて命乞いをする姿を、ぜひこの目で見てみたかったのですが」

「おい聖女様、どす黒いオーラが出てるぞ」

「あらあら、うふふ」

エレンが極上の聖女スマイルを浮かべて滲み出るどす黒いものを押し隠す。エレンがこれだけ恨みを持つとか、アドル教の教皇や聖王国の聖王はエレンに一体何をしたと言うのだろうか？　聞いてみたいが、怖くて聞けないな。今度デッカード大司教にでもそれとなく聞いてみるか。

「この後の予定は？」

「うーん、特にこれといって昼までは決まった予定はないな。メルティやシルフィから何か仕事が回ってくればそっちに注力することになると思うけど」

とりあえずメリネスブルグの掌握は終わっているし、戦場の後片付けをしている聖王国軍の敗残兵達との交渉やら何やらに関してはメルティやアイラ、それにレオナール卿が担当する筈だ。俺が緊急で何かしなければならないことはないな、多分。ハーピィさん達も昼間は寝て過ごすという話だったし。

「なら、午前中は私に付き合って下さい。コースケは少々足りないものが多いですし」

「足りないってなんだ。なんかよくわからんが失礼なことを言われている気配がするな？」

「じきにわかります。さぁ、行きますよ」

そう言ってエレンは俺の後ろに回ってぐいぐいと俺の背中を押し始める。なんだかよくわからないが、午前中はエレンに付き合うことになりそうだ。

◆◆◆

エレンに連れてこられた場所。それは衣装部屋のような場所だった。しかしそこに置いてあったのは王城に相応《ふさわ》しいようなドレスや、礼服などではなかった。同様の煌《きら》びやかな衣服であることには違いはなかったが。

「貴方《あなた》は何を着せてもこう、威厳とか聖性というものが溢れてきませんね」

俺が着せられているのは豪華な神官服だとか、牧師服だとか、恐らくそういった類の法衣というやつであった。先程からエレンが指示を出し、それに従ってエレンのお付きのシスターであるアマーリエさんやベルタさんが俺を着替えさせているのだが、どれもエレンはしっくりこないらしい。

「どんな衣装を着せても、元からないものはどうにもならないってことじゃないかな」

「もう少しキリッとした顔はできないのですか？　こうです、こう」

エレンがキリッとしたいかにも聖女オーラが溢れる表情を作ってみせる。それを真似しようとしてみるが……。

「ぷふっ……わ、笑わせないで下さい」

「失礼な」

思いっきり笑われた。ぷふって。アマーリエさん、ベルタさん、そんなに我慢しなくて良いんですよ？　ほら、笑え、笑えよ。キリッ。

「くっ、ふふふっ……す、すみません」

「わ、笑うつもりは……ふふっ」

「皆が笑顔になってくれて俺は嬉しいですよ、ええ」

笑うアマーリエさんとベルタさんにジト目を向けてやる。

「しかし困りましたね。私に並び立つというのが難しいのは元よりわかっていたことですが、まさかここまで威厳が出ないとは……いっそ真っ白い鎧《よろい》を着せて兜《かぶと》でも被らせてしまいましょうか」

「それはもう俺という個人の威厳ではなく、鎧と兜から溢れ出る威圧感めいたものなのでは」

「そうですね、それでは本末転倒です。無理なものは無理なのだと諦めることにしましょう。貴方を着せ替えて遊ぶのも楽しかったですし」

「おれはもてあそばれていたのか……」

どっと疲れが出てくる。アマーリエさんやベルタさんは妙齢の女性である。具体的な年齢は聞いていないのでわからないが、恐らく二十歳前後から二十代半ばくらいであろう。そのような女性に囲まれて服を脱がせられたり着せられたりするのは精神的になかなか疲れる。どうしてもこう、色々と当たってしまうことも有り得るわけだし。

「アマーリエ、どうでしたか？」

「そうですね。やはりコースケ様はあまり怖いという感じが致しませんね」

「そうですか。ではそういうことで」

この会話に俺の第六感が激しい警鐘を鳴らした。この会話は聞き流すとまずいものだと。しかし下手につつくのもまずい気がする。どうすれば良い？　というかなんだか既に手遅れという感覚が……いや待て諦めるな。諦めるな俺。

「その、怖いという感じがしないというのは……？」

「私は幼い頃から女性ばかりが集められた修道院で育ってきたものですから、恥ずかしながら男性という存在を少し怖く感じてしまうのです」

「それが、コースケ様相手ですとそのような恐怖感を感じないそうで。以前、毒に倒れたコースケ様をお世話した経験からでしょうか」

そう言うベルタさんはかなり平然としている。男性慣れしていないのはアマーリエさんだけらしい。それにしてもお世話ね……ああ、はい。されましたね、お世話。殆ど身体を動かせない上に、毒で臓器がやられて色々と垂れ流しだった俺のお世話をしてくださいましたね、ええ。俺の身体でエレンを含めた三人が目にしていないところはありませんよね。

「おや？　顔が赤いですね。もしかして私達三人に何から何までお世話をされていたことを思い出して興奮しているのですか？　この変態」

「違うわ！　思い出して恥ずかしがってるんだよ！」

地団駄を踏む俺を見てアマーリエさんとベルタさんが笑う。いや待て違う。そうじゃない。あの不穏な会話について追及しきれていない。

「コースケ」

「んぬっ……なんだ？」

口を開こうとしたところで機先を制され、思わずたじろぐ。エレンはこう、一言一言に迫力というか重みがあるんだよな。ああやって名前を呼ばれてしまうとついつい聞く態勢になってしまう。これが聖女としての威厳だというのだろうか。

「神は言いました。産めよ、増えよ、地に満ちよと」

「お、おう」

どこかで聞いたことのある一節だな！　オラ嫌な予感がしてきたぞ。

「貴方は神の使徒です。これからは私と共にメリナード王国における新たなアドル教の旗頭となってもらう必要があります」

「な、なるほど？」

「なので少々窮屈でしょうが、できる限り経典に記されている教義をその身で体現してもらう必要があります」

「なんだか怪しげな雰囲気になってきたぞ」

「そこで先程の一節です。改竄《かいざん》前のアドル教の経典では人と亜人の融和が説かれていました。神の使徒たるコースケが亜人の皆さんと仲良くするのは大変良いことですが、人間とも仲良くしてもらわなければ不公平というものです」

　俺の発言を完全にスルーである。そして話が見えてきたぞ。俺は逃げ――っ！

「……」

「……」

　左右からギュッと服の裾を掴まれてしまった。アマーリエさんとベルタさんが熱のこもった瞳で俺をじっと見つめてくる。いやいやいやいやいや、待って待って待って。現状ですらパンク気味だというのに、更なる追加はアカン。心の棚を作るにも限度というものがある。

　この世界にはこれといって便利なファンタジー避妊薬とかそういった類のものは存在しない。つまり、やることをやったら当然のように子供ができる。人間と亜人の間には子供ができにくいが、人間同士となるとそうもいかない。いや、俺は異世界の人間であるわけだし、この世界の人間との間にちゃんと子供ができるかどうかはわからないのだけれども。

「そこまでです！」

　バァン！　と誰かが勢いよく扉を開けた。素晴らしいタイミングだ！　まるで計ったようなタイミングだが、ここは気にしないようにしよう。

「とつげきー！」

「「「ぴよぴよーっ！」」」

号令とともにわーっ、と何人もの人物が部屋の中になだれ込み、色とりどりの羽根が舞う。

いやうん、このふさふさした羽毛の感触は間違いなくハーピィさん達ですね。ああー、もみくちゃにされてるぅ。というかエレンもアマーリエさんもベルタさんも羽毛の群れに沈んでどうなっているのかわからない状態だ。なんか「わー」とか「きゃー」とか聞こえている気がするが、よくわからない。

「かくほー！」

「てっしゅー！」

「「「ぴよぴよー！」」」

混乱の中、何人ものハーピィさんに抱え上げられてまるで神輿《みこし》か何かのように、わっしょいぴよぴよと運ばれ始める。うん、もうどうにでもしてくれ。とにかくこの場を離れられるならなんだっていい。

◆
◆
◆

あの後わっしょいぴよぴよと賑やかに俺が運ばれた先は、王城の一角に設けられたハーピィさん達の宿舎であった。彼女達は元々群れで生活する習慣があるので、それに配慮する形でシルフィが割り当てたのだ。当然、環境の整備には俺も手を貸した。

「はい、コースケさん。あーん」

「あーん」

「んー、ふふふ」

「よしよし」

そんな場所に運び込まれた俺は、正にハーレムの王といった感じのもてなしをハーピィさん達から受けていた。ふかふかの大きなクッションの上に座らされ、周囲に侍《はべ》ったハーピィさん達が美味しい果物や飲み物を口に運んでくれる。

更に目の前では、薄着のハーピィさん達が入れ代わり立ち代わりで華麗な舞いを披露してくれていた。色とりどりの羽を持つハーピィさん達がくるくると舞い踊る姿はとても美しい。

「さっきは助かったよ」

「はい。私達はいつだってコースケさんの味方ですよ。とは言っても、姫殿下には彼女達とも仲良くするように言われているので、毎度というわけにもいかないですけど」

「……根回しは済んでいるのか」

「はい」

目を瞑《つむ》って天井を仰ぐ。シルフィーーーーッ！

『いや、我々がこれだけコースケと関係を結んでいる手前、仕方がないだろう』

と苦笑いを浮かべるシルフィの姿が思い浮かぶ。確かにそうなるのだろうけれども。

所謂《いわゆる》政治的な判断というやつなのだろう。これから先、長期的にメリナード王国領内のアドル教徒をまとめるためには、シルフィの夫である俺とアドル教との繋《つな》がりが強固であれば強固であるほど良いというのは明らかだ。

亜人の中でも長命種であるシルフィやアイラ、それに魔神種であることによって同じく長命種であるメルティ、それに言うまでもなく寿命の長いグランデ達は子供を身籠もるということに関してはさほど急ぐ必要がない。

しかし、普通の人間であるエレンはそうもいかない。人間並みの寿命しか持たない彼女は、子供を産み育てることのできる期間が長命種の彼女達に比べて遥かに短い。そして出産というのは命懸けの行いである。回復魔法や錬金薬といった、場合によっては元の世界の医療を凌駕する手段があるこの世界においてもだ。

単純に、エレンと俺との間に子供が生まれない可能性というのもあるし、子供が生まれたとしても無事育つとも限らない。そう考えると、俺の人間の伴侶がエレン一人というのはリスクが高い。エレンと、もしかしたらデッカード大司教やカテリーナ高司祭もそう考えたのだろう。

それに、下世話な話というか生臭い話になるが、メリナード王国で新しく興す新たなアドル教には旗頭というか、象徴が必要なのだ。例えば、神から遣わされた使徒と、アドル教の聖女との間にできた子供とか、そういったものが。

初期の段階では聖女であるエレンと神の使徒である俺がその役を担うことになるわけだが、数十年後、数百年後には俺の子孫がその役目を果たすことになる。神の使徒と敬虔なアドル教徒との間に生まれる祝福の子は何人居ても良い。恐らくそういうことなのであろう。

幸いなのは、エレンは勿論のことアマーリエさんやベルタさんもそれなりに乗り気であるという点であろうか。

「旦那様が好きっていうただそれだけの理由で良いと思うんですけどね。人間って面倒くさいです」

「そーだよねー。旦那にあれこれ悩ませるなんてダメダメだよ」

「うちらと一緒の間は、旦那さんも難しいことは考えるのやめたらええの。なぁんも考えないでただ楽しく過ごしてなぁ」

ハーピィさん達の無制限な甘えさせオーラが俺の脳髄を侵食していく。ああ～、駄目になるぅ～。

「ところでこの儀式的な何かは何なんだ？」

「んー？　これ？　これはね、正式に旦那様を迎える儀式」

「へぇ、正式に……正式に？」

「そう、正式に」

今までは正式じゃなかったのか……？　かなりこう、くんずほぐれつしてたけど。もしかしてこれまで以上になる……ッテコト!?　わ、わぁ……。

「そんなに怯えんでもええって。旦那さんはうちらに甘やかされていればええさかい。なぁ？」

誰かの羽先が俺の胸板をそっと撫でていく。

「姫殿下は後々私達用の専用宿舎を造成してくださると約束して下さいましたから。そろそろ本格的に氏族を立ち上げようって皆と話したんです」

「氏族」

「はい。私達は元々は別々の氏族の出の者が多いんですけど、コースケさんを中心として一つの群れとしてまとまったでしょう？　元の氏族もどうなっているかわかりませんし、コースケさんを皆で分けて持っていけるわけでもないですから。だから、私達で新しい群れを作るんです」

「さらっと分けて持っていくとか恐ろしい発言があったことは聞かなかったことにする。それで、俺は何をすれば良いんだ？」

「旦那様はいつも通りどーんと構えていてくれれば大丈夫だよ！」

「私達がお世話する」

「なるほど。よくわかった」

この状況下から逃げられるわけでもなければ、逃げる気もないからな。つまり、考えるのをやめてハーピィさん達の羽毛に埋もれるのが一番ってことだ。うん。

◆
◆
◆

ハーピィさん達に思う存分甘やかされて過ごした結果、俺はアマーリエさんとベルタさんの件について深く考えるのをやめることにした。そもそもの貞操観念というか結婚観というか、男女の付き合いの感覚が元の世界と大きく異なる世界なのだ。

というか、これだけ沢山のハーピィさんをはじめとして、シルフィ以外にもあちこち既に手を出しているというのに、今更二人や三人くらい増えたからなんだと言うのか。ハーピィさん達だけでも両手の指で足りないくらいいるのだ。本当に今更だ。

「コースケは稀人《まれびと》、つまり正真正銘の天涯孤独なのであるな。吾輩としては細かいことを考えずに思う存分血を残すべきだと思うのであるな」

「そういうもんかなぁ……」

でも無理だよ！　深く考えないなんて無理だよ！　助けてライオンマン！

ということで夕食後に時間を取ってもらってレオナール卿に相談をしていたのだが、俺の望むような答えはやはり返ってこなかった。寧ろ推奨された。違う、そうじゃない。

「そういうもんなのである。このまま行けば……というか確実にコースケは新たなるメリナード王国の王配となる男なのであるから、子はいくらいても良いのである」

蜜酒の入ったカップを手にレオナール卿は肩を竦めてそう言った。俺とレオナール卿の着いている小さなテーブルには、蜜酒の他にもつまみとして細く裂いた干し肉なんかも置いてある。保全性よりも味を重視した、ちょっとお高いやつだ。

「王位継承の問題とかそういうのが心配なんだが……？」

なんか子供が多すぎると兄弟姉妹の間でドロドロの継承権争いとかが起こるイメージがある。自分の子供達がそんな風にいがみ合う姿は見たくない。

「コースケは王配というだけで、メリナード王国の王族の血が流れているわけではないのであるな。で、コースケがいくら種を撒き散らかしても王位の継承権を持つのはシルフィエル姫殿下との子だけなので、気にすることはないのであるな。まぁ……」

「まぁ？」

「姫殿下との間に子が生まれなかったら大変なのであるな。エルフと人間との間には比較的子ができやすい傾向であると言われているが、そもそもエルフというのは子ができにくい体質なのである」

「より励めと？」

「それもあるのであるが、旧王族の血を引くのはシルフィエル姫殿下だけではないのである」

「……おい、それは」

それはつまり、シルフィの姉妹達との間にも子を儲けろということではないのか。

「お察しの通りであるな。いずれそういうことになると吾輩は思うのである。覚悟をしておくと良いのであるな」

「いやいや、それはさっきの王位継承問題云々の辺りで本末転倒じゃないか？」

「シルフィエル姫殿下以外の姫殿下達は、新たなるメリナード王国に於ける王位継承権を持つ気はないと明言しているのであるな。しかし、流れている血はシルフィエル姫殿下と同じなのであるな。万が一コースケとシルフィエル姫殿下の間に子ができなかった場合、他の姫殿下達とコースケの間に子ができていればその子を養子に迎えるという選択肢も取れるのであるな。国の存続ということを考えれば選択肢は多い方が望ましいのである」

「い、いやそれは……いや待て、エルフが妊娠しにくいってのに異議ありだ。セラフィータさんはシルフィを含めて四人も産んでいるじゃないか」

「確かにそうであるな。セラフィータ様の体質なのかもしれぬのであるな。だが、一般的にエルフが孕みにくいというのは事実なのである。セラフィータ様のお子であるシルフィエル姫殿下ならもしかすると……であるが、今までの経過を見る限りそうでないのは確定的に明らかなのであるな」

「うっ」

それを言われると弱ぃ。今に至るまでシルフィと俺との間に子ができていないのは事実だからな。特にこれといって避妊などはしていないので、シルフィが子供の出来やすい体質だというのであれば、とっくの昔にシルフィのお腹に新しい命が宿っているはずである。

「……嘘だと言ってよバーニィ」

「吾輩はレオナールなのであるな。それとコースケ、お前セラフィータ様に何をしたのであるか？」

「えっ。いや、別に……？」

セラフィータさんのことに触れられて思わず挙動不審になる。いや、大したことはしてない。大したことはしてないぞ？　ちょっと慰めただけだし。

「吾輩でもひと目でわかるのである。あれは完全に男に惹かれている女の目であるな」

「Ｏｈ……」

薄々そんな気はしていたけど……いや、俺の自意識過剰に違いない。レオナール卿の目も節穴アイに違いない。そのような事実はない。ないんだ。

「まぁ、今にも自裁しそうな状態よりは遥かに良いと思うのであるが……姫殿下といい、聖女といい、セラフィータ様といい、コースケは高貴な身分の女性を惹きつける香りか何かが出ているのではないか？　姫様達もまんざらではなさそうな雰囲気なのである」

「そんな怪しげなフェロモンは一切出てねぇから」

精霊とかライム達とか妖精にやたら好かれるのはよくわかんないけども。少なくともそんな怪しげなフェロモンは……フェロモンは……？

俺はメニューを開き、アチーブメントを確認した。

・テクニシャン――：合体中に相手を満足させる。やるじゃない。※異性への攻撃力が10％上昇。
・スケコマシ――：20人以上の異性から好意を持たれる。Ｎｉｃｅ Ｂｏａｔ．※異性への攻撃力が10％上昇。
・英雄――：人族を単独で３０００人殺害する。これだけやればただの人殺しじゃないね？※半径１００メートル以内の味方の全能力が10％上昇し、自分への好感度が上がりやすくなる。
・女殺し――：20人以上の異性と合体する。そろそろ〇〇〇〇死ね！　って言われるんじゃないかな。※異性への攻撃力が20％上昇。
・竜殺し――：竜種３体を単独で殺害、或いは屈服させる。※竜種への攻撃力が15％上昇。
・死の創造者――：自分の作り出した武器で１万人以上が殺害される。うぇるかぁむ……！※作り出す武器の性能が10％上昇する。
・ロイヤルキラー――：身分の高い女性３人以上から好意を持たれる。くっころ？　くっころ？※高貴な身分の異性への攻撃力が30％上昇。
・マダムキラー――：自分よりも20歳以上年齢が上の女性５人から好意を持たれる。もう、いけない子ね！　※自分よりも20歳以上年齢が上の女性への攻撃力が30％上昇。

なんかいつの間にか見覚えのないものが増えているけど、この異性とか女性への攻撃力が上昇ってのが色恋というかそっち方面に作用するとしたら、恐らくだけどセラフィータさんへの攻撃力が合計で100%向上していますね？

英雄の好感度上昇効果の詳細は明らかじゃないけど、%表示されてないから下手すると乗算ですね？　というか他のも下手したら乗算の可能性がありますね？　割とガバガバだからね、この能力。

コメントに関しては無視だ。無視ったら無視だ。

でももし本当に俺の想像通りにアチーブメントが働いているとしたら、意図せずちょろっと話したり、少し親切にしたりするだけでホイホイと異性が落ちてしまうのでは……？　おい管理人出てこい！　深刻な不具合じゃねぇか！　まだ他にも同系統のアチーブメントがアンロックされたら手がつけられなくなるぞ。

「ヤバいやっぱ出てるかも」

「えんがちょである。うつさないで欲しいのであるな」

レオナール卿が席を立って俺から距離を取る。

「匂いではない、匂いではないから！　というかえんがちょとか言うのやめろよ！　泣くぞ！」

「ふははは、冗談であるな。まぁ、大変だろうが頑張るのである。もはやコースケは言わば種馬としての人生は避けられぬ故に」

「そんな断定は聞きとうなかった……」

「ここまできたらいっそ楽しむしかないのであるな。美女に囲まれて種馬生活を嫌がったりしたら、世のモテない男どもに命を狙われるのである」

「ははは……レオナール卿も頑張れよ」

知っているぞ。もうじき着く後続の本隊にレオナール卿にぞっこんラブな未亡人の方々が多いのは。そうやって自分は色恋とは無関係ですという顔をしていられるのもそれまでだ。

「わ、吾輩は亡き妻に操を立てているのである……」

「領地持ちの貴族に跡取りが居ないなんてのはありえないからな。頑張れよ」

「わ、吾輩は」

「頑張れよ！　応援してるからな！　なんなら役立つ良い薬も回してやるからな！」

逃さん、お前だけは……！

第二話 さりとて現実は待ってくれない

「それで、あれはどうしたんだ？」

「うーん……まぁ、自己嫌悪というか拗《す》ねているだけというか、やり場のない感情を抱えて悶えているうちにああなってしまった感じですねぇ」

そう言ってメルティが苦笑いを浮かべる。

レオナール卿によく効く精力剤をたっぷりと押し付けて、俺とシルフィに割り当てられた部屋に戻ってきたのだが、そこにはクッションの山に頭から突っ込んで頭隠して尻隠さず状態のシルフィが鎮座？　していた。しかもそのまま眠りこけてでもいるのか、ピクリとも動かない。

「もしかして俺関係か？」

心当たりは大いにある。エレン達の件もそうだし、もしかすると彼女の姉妹達と、なんて話も持ち上がっているようだし。少なくともレオナール卿があああして口にしていたということは、俺の耳に入らないところでそういう話し合いがあったのだろう。恐らく話の発生源はドリアーダさん辺りだろうが。

「隠しても仕方がないので白状しますけど、そうですね。結局コースケさんにはシルフィ……というか私達の都合を押し付けてしまっていますし」

「……ままならないよなぁ」

「ままなりませんねぇ。まぁ、そういう道なので割り切ってもらうしかないです。頑張って下さい」

「はぁ……まずはこのお姫様を掘り出すことから始めようか」

「手伝いますね」

とりあえず、どん底まで凹んで不貞寝《ふてね》している次期女王様を、二人がかりでクッションの山から発掘する。クッションの一つに頑なに顔を押し付けて離さないが、まぁそれはよしとしよう。これまた二人がかりでシルフィをベッドの上に運び、赤ん坊のように身体を丸めてごめん寝しているシルフィを挟んで横臥《おうが》する。

「こういう落ち込んでいる時こそ甘えてほしいんだけどな、俺は」

苦笑いしながらクッションに顔を埋めてうつ伏せに突っ伏しているシルフィを眺める。

「シルフィも大変なんですよ。立場上仕方ないこととはいえ、コースケさんが他の女性のところに行くのを止めるどころか、進んで送り出さないといけない立場ですからね」

「ん、まぁ……そうなんだろうな。俺がシルフィの立場だったら耐えられないかもしれん」

想像しただけで脳が破壊されそうだ。シルフィはよく耐えていると思うよ、本当に。

「男性は多くの女性を娶《めと》るのが誉れとはいえ、それで愛し合う時間が減ってしまうのは妻としては複雑な気持ちになりますからねぇ」

「メルティもその複雑な気持ちにさせる側の一人だけど……」

「私は良いんです。妹分のものは私のものですから」

「ジャ○アンかな？」

二人の関係というのもなかなか不思議だよな。基本的には主従なんだけど、ごくプライベートな場ではメルティがシルフィの姉のように振る舞っている。二人の付き合いも長いんだろうから、きっと色々あったんだろうけど。

「ということで、今日は私がコースケさんで遊びましょう。シルフィは不貞腐れてますし」

「俺とじゃなくて俺で遊ぶんだ……」

苦笑いしてシルフィ越しにメルティに視線を向けたら、もうメルティの姿がなかった。そして気がつけばそよ風と共にどうやってか後ろに滑り込んだメルティが俺を後ろから抱きしめていた。

一体何が起きたんだ……無駄に高い身体能力をしょうもないことに使ってるな。

「んー、でもたまにはコースケさんに遊ばれるのも良いですね……それにしても不思議とコースケさんとくっついていると安心するんですよね。なんでなんでしょう？」

「いやそれは俺もわからないけど……俺に遊ばれるって、一体どうしろと」

フィジカルではどうやっても勝てないから、いつも俺が受け身なんだよな。

「今日は全部、最初から最後までコースケさんのペースで、コースケさんの手でってことです。ほら、来て下さい」

そう言ってメルティが背中から離れ、俺のシャツの背中の部分を指先でクイクイと引っ張ってくる。来てくださいって言われてもなぁ、と思いながらシルフィに向かって寝っ転がっていたのをメルティの方に向ける。

「シルフィが落ち込んでるから慰めようって流れで、この言動はちょっと悪魔的過ぎないか？」

「素直に甘えれば良いのに、うじうじと落ち込んでいるシルフィが悪いんです。さぁどうぞ、コースケさん。好きなように剥いて、好きなように味わって良いんですよ？」

メルティが蠱惑《こわく》的な笑みを浮かべながら自ら胸元をはだけさせ、胸元を晒していく。ぐぬぬ、抵抗しようとしても視線が吸い寄せられる。

「手、出してくれないんですか？」

「いや、今はこう、シルフィを慰めるターンというかね？」

「イヤイヤ期みたいなものだから放っておいたら良いんですよ。ほら、ウジウジしてるのは放っておいて私と遊びましょ？　今なら好き放題してくれても良いですよ？」

遂にはだけるという領域を通り越し、まるん、とメルティのメルティが転び出てきた。たゆん、ぽよんと柔らかさを強調するように双丘が揺れる。仰向けに寝ているのに形が崩れないのは一体何事か。これが魔神種の強靭な肉体の為せる業だとでもいうのか。

「ほーら、コースケさんのだぁい好きなおっぱいですよー？」

「や、やめろ。それは俺に効く……！」

ニヤニヤと挑発するように笑いながらメルティが身体を揺らし、それに釣られるようにぷるんぷるんと薄桃色の頂上を持つ二子山が鳴動する。ああ、身体が勝手に引き寄せられて……。

「……」

揺れる巨山の引力に抗えず、ふらふらと引き寄せられようとする俺の服の裾を何かが引き止めた。

振り返り見れば、恨めし気な視線を俺に向けたシルフィが腕を伸ばし、俺の服の裾を掴んでいた。

「……うらぎりもの」

「それは逆恨みじゃない？　コースケさんは歩み寄ろうとしてたのに、甘えて塞ぎ込んでたシルフィが悪いんでしょ」

気がつけば、メルティが俺の手首を優しく、しかしそれでいてしっかりと掴んでいた。えっと、そのまま力いっぱい引っ張られると比喩表現じゃなく俺の腕が引っこ抜けかねないからやめてね？

「そんなに乳が良いなら私の乳を好きにしたらいい。メルティのと違って垂れてないピッチピチだぞ」

ガバッと起き上がったシルフィが、俺の服の裾を掴んだまま片手で自分の上半身の服をはだけさせてぼろん、まるんと丸出しにし始める。うん、確かにシルフィのおっぱいは素晴らしいな。

「それは聞き捨てならないわね。見ての通り私のおっぱいはまったく垂れてませーん。ね？　コースケさん？」

同じく起き上がったメルティの乳がたゆんたゆんと盛大にバウンシング。これは甲乙つけがたい。

いや、おっぱいというものに優劣はない。大きなおっぱいも小さなおっぱいも全て等しく尊いものだ。

二人にはそれをよく理解して欲しい。だから落ち着いて。頼むから落ち着い……ウワーッ!!

◆　◆　◆

さて、追い払った聖王国軍が本国に帰り着き、聖王国がそれに反応するまでにはまだまだ時間がかかる。その間に俺達メリナード王国解放軍は、新生メリナード王国を立ち上げるための準備を整えていかなければならないのだが、国一つを乗っ取る――いや、乗っ取り返すというのは生半可な作業ではない。

え？　メルティとシルフィのおっぱいバトル？　いやもうその話には触れないことにしよう。久々に窒息しかけたという事実だけ知っておいて欲しい。争いは何も生み出さない……でも最高だった。それだけは確かだ。

話を戻そう。

まず、現在のメリナード王国内で治安維持を行っているのは聖王国軍と、彼らによって編成された現地の衛兵隊である。話を聞く所によると街の中の治安は衛兵隊が、街の外……つまり街道などの治安を聖王国軍が担っているパターンが多いらしい。

また、政治的な統治に関しては、元々の領主や代官などが人間であった場合には彼らに聖王国への恭順とアドル教への帰依を誓わせてそのまま統治させるか、人間であっても聖王国への恭順もせず、アドル教への帰依も誓わない場合であったり、亜人であったりした場合には滅ぼして各街に赴任したアドル教のトップが統治していることが多いようだ。

大きめの領地を持つ人間の貴族に関しては概ね聖王国に恭順の意を示し、高位聖職者の監督のもとに統治を続けているところが多いらしい。亜人の貴族に関しては逆に殆どの場合一族郎党が滅ぼされるか、どこかへと落ち延びて行方不明というパターンが多いようだ。

まずは彼らとの接触を図り、新生メリナード王国に恭順なりなんなりしてもらわないといけない。それには当然ながら彼らへの利益供与が必要だし、その利益の内容というのもよくよく吟味する必要がある。最悪『滅ぼされないことが最大のメリットだよ？』という交渉方法も使えるだろうが、シルフィはどうするつもりなのやら。

何にせよ国家として体を成すのであれば最低限国民に安全を提供し、飢えさせないようにしなければならないし、経緯はどうあれ現行の統治体制を尽く暴力で排除して『はい解決！』というわけにもいかないだろうと俺は思う。

いや、まぁこの世界の事情を鑑みるとより力の強い者が全てを統べるというのも世の習いであったりするらしいが、俺としてはもう少しマイルドに行きたいと考えている。

「ゴーレム通信機を使った情報網の構築とハーピィ達による警戒網の構築、それにエアボードの機動力を使った防衛網の構築が急務か……治安維持を担う兵力を集める必要もあるし、魔物や賊の類が蔓延《はび》ってるならその排除も必要になる。問題は山積みだな」

「砦の位置なども見直して、より効率的な戦力配置をする必要もありますねー。広域通信用の新型ゴーレム通信機は開発が終わっていましたよね？」

シルフィの発言をメルティが補足し、話の矛先をアイラに向ける。

「ん。複数の通信を同時に処理できる通信基地装置の開発は終わっている。通信範囲を拡大する魔波増幅器と組み合わせれば広範囲をカバーしつつ、広大な通信網を構築することが可能。ただし、短期間の量産にはコースケの力が必要。コアを作るのに時間がかかる」

「砦の再配置にもコースケさんの力が必要ですし、農業生産力のアップのためにもコースケさんの力が必要です。それに、エアボードの増産や国境方面の防衛力強化にもコースケさんの力添えがあったほうがいいですね」

「国内のアドル教主流派勢力を駆逐するのにも力を貸して欲しいですね。私の真実を見抜く目だけでも連中の駆逐を進めることは可能ですが、主流派の嘘に目を曇らされた信徒達の目を覚まさせるにはやはり神の使徒が一緒に居たほうが良いです」

アイラの発言を皮切りとして、メルティやエレンも各地での活動に俺の存在が必要であると主張し始めた。はっはっは、そんなこと言われても俺の身体は一つしかないぞ。

「ライムさん達みたいに分身とかできませんか？」

「無理を言うな、無理を。モノの量産に関しては作業台さえ持ち歩けばどこでもできるから、移動しながら寝る前にでもこなしていけばいいだろう。砦の再配置と国内のアドル教問題は俺が既存の砦を破壊して資材を回収しつつ建て直していって、そのついでにと言ったらなんだが、周辺の街や村の教化を進めていくって方法しかないんじゃないか」

現実的に考えてそれしか方法はないと思う。本来であれば砦の建て直しなんかは公共事業として民に仕事を与えたほうが良いのかも知れないが、そういうのは後に回してまずは最低限の体裁を整えなければならない。

「そうなると、私はその旅に同行するべきですね。主流派から我々の教派に改宗させるのであれば、聖女である私と神の使徒であるコースケの両名が揃っていた方が良いですから。現地の衛兵が信用できるかどうかを看破することも出来ますし」

表情を変えずにしれっとそう言うエレンにシルフィとアイラ、それにメルティが悔しそうな顔をする。本当は彼女達も同行したいのだろうが、シルフィは次期女王として軽々にメリネスブルグから離れることは出来ない。実質的にその宰相役を担っているメルティも同様だ。そして、アイラはアイラで宮廷魔道士団の再建や新しい魔道具の開発、錬金薬などの普及などに尽力している最中であり、二人と同様にメリネスブルグを離れることが出来ない。

それに対し、デッカード大司教やカテリーナ高司祭という自分が居なくともメリネスブルグを任せられる人材が存在するエレンは、大手を振って俺の旅に同行することができる。

ちなみに、デッカード大司教はお茶を飲みながら話し合う俺達の姿を、少しだけ離れた場所から眺めていたりする。縁側でのんびりしているお爺さんか何かかな？

レオナール卿？　奴は朝からエアボードをかっ飛ばして撤退する聖王国軍を監視する部隊に合流しに行った。そろそろダナンが後続を率いてメリネスブルグに到着するので、メリネスブルグに詰める任務はダナンに任せるのである、とか言ってたな。逃げ足の早いライオン野郎である。

「そうなると同行するメンバーはエレンとザミル女史と、銃士隊から護衛に一～二小隊と、ハーピィさん数名か？」

「そんなところでしょうか。グランデちゃんは着いていくかもしれませんね」

「気まぐれだからなぁ。別についてこなくても、俺に会いたくなったら飛んでくるだろうし」

同行しても俺が運転中は構ってやれないし、結局エアボードの一番後ろで寝ているだけだ。それなら食っちゃ寝できるメリネスブルグにいて、会いたくなったら飛んでくるという感じになりそうな気がする。大体の進行ルートを教えておけば、向こうが勝手に見つけるだろうしな。

「少し口を挟んでもよろしいですかな？」

同行者について話し合っているところで、デッカード大司教がそう言って会話に入ってきた。聖王国で大司教として数々の経験を積んでいる彼の意見を蔑ろにするのは愚かなことである。シルフィが頷き、彼の発言を促した。

「エレンだけでなく、我々の教派の聖職者を同行させた方が良いかと思いますぞ。不心得者の首を挿《す》げ替えるというなら、相応しい人員が必要でありましょう」

「ふむ……それもそうか」

「後続の兵站用エアボードを改造すれば人員輸送に適した機体にするのは簡単だぞ。運転手も兵站担当をそのまま使えば良いだろう」

エアボードの運転にはある程度慣れが必要だ。折角慣れた人材がいるのだから、有効活用しない手はないだろう。

「そうだな。補佐をする文官もそれなりの人数を連れていった方が良いだろうし……そうなると、それなりの人数になりそうだな。メルティ、文官の登用はどうなっている？」

「エレオノーラ様のご支援のもと、旧メリナード王国の元文官やギルド職員、その他現在のメリネスブルグの商人などの民間人からも登用を進めています。とりあえず最低条件として過不足なく読み書きができることと、ある程度の計算ができることを条件としていますね。聖王国統治下で行政に関わっていた者達に関しても継続採用の審査を進めています」

「白豚の下で甘い汁を啜っていた連中が多いようで、継続採用の方はあまり芳しくないですが……まったく、嘆かわしい」

エレンがそう言って忌々しそうに首を振る。聖王国主流派の聖職者全員が腐敗した連中ばかりというわけでないようだが、腐敗した連中の下にはやはり同様に腐敗した連中が集まるものであるらしい。

或いは、まともな奴も上からの影響で同様に腐敗してしまったのかも知れないが。

「とりあえず、方針としては国内の平定を進めることを急務とするということで各員準備を進めてくれ。特に、メルティとエレンはコースケに同行させる人員の選定を進めておくように。コースケは人員の準備が整うまで旅の準備とメリネスブルグ近郊の農地改革を進めてくれ。アイラも通信網や防衛網を構築するための資材確保を進めるように」

「はーい」

「わかりました」

「了解」

「ん、わかった」

「では、行動開始だ。何かあったらすぐに互いに連絡を取るように」

そう言ってシルフィが立ち上がった。俺を含めた他の三人も立ち上がり、行動を開始する。まずはエアボードの部品と通信基地装置のコア部品のクラフト予約を入れて、メルティに開発計画を確認してメリネスブルグ内の区画整理なり近郊の農村の農地改革なりを進めて……やることが多いな！

◆◆◆

やることが多い。やることが多いのだが、基本的にはどれも繰り返しタスクのようなものである。各種部品の製造はクラフト予約を入れて放置するだけだし、農地の拡張に関しては既に飽きるほどやった仕事だ。

区画整理に関しては違法建築めいた過密建築を一旦バラして、整然と規格の整った集合住宅を作っていくお仕事が殆どである。具体的にどういうものかというと。

「区画整理の時間だオラァ！　野郎ども、やっちまえ！」

「「「いえっさー！」」」

「う、うわぁぁぁぁ！　クカクセーリだ！　クカクセーリが来たぞぉぉぉ！」

クカクセーリとは汚部屋だろうが『コト』の真っ最中だろうが留守なんだろうが踏み込み、人海戦術で『中身』を強制的に掻き出し、住居を跡形もなく破壊してまっ更な新しい住居を建設していく傍迷惑な集団である。

住民曰く。

『おっかない亜人の兵士で構成されているので、下手に文句を言えない。でも、家も綺麗で上等なものになったから良かったのかなと思っている』

『休日だから恋人と仲睦まじく過ごしていたら、急に踏み込んできて裸のまま外に放り出された。何をするんだと思わず怒ったが、何故か上等な大きなベッドをプレゼントしていってくれた』

『宝物が根こそぎ奪われた。極悪集団だ。ガラクタ？　みんなはガラクタって言うけど、俺は宝物って呼んでる』

『汚部屋だった隣人の部屋を片付けてくれたので感謝しかない。晴れた日には嫌な臭いがしたりして大変だったんだ。どうせなら隣人も片付けてくれれば良かったんだが』

などと住民の皆様からは大変好評である。いや好評か？　好評ということにしておこう。何にせよ、無秩序に増改築された過密住宅というのは火災や地震などの災害が起きた時に非常に危険だ。美観も損ねるし、良いことが何もない。こういった場所は犯罪の温床にもなりかねないので、俺自らが出張っているわけだ。

無論、俺がこうやって矢面に立って力を大いに振るうのには他に理由もある。

「恐れることは何もありません。あの方は稀人、神の使徒です。また、彼に従う亜人の兵士達もまた、我々の頼もしき隣人です」

「あちらの広場で清潔な布や焼きたてのパンの施しがありますよ」

暴虐の限り（？）を尽くす俺達の後ろに、アドル教の聖職者達がついて回って人々に俺が神の使徒であると触れ回り、更に施しを与えることによって懐柔していく。

俺の存在と特異性をこんなに大々的に宣伝して大丈夫なのかって？　それを言ったらキュービに逃げられた時点で伝わっちゃマズいところには伝わってしまっているだろうし、今後はエレンと共に新たなアドル教の象徴的存在となるつもりなのだから、今までのように隠れたままでいるのは不可能だ。どうせ隠せないのであれば、存在を派手に演出して利用したほうが得だろう、というのが新生メリナード王国と新生アドル教の共通見解なのである。

それと、俺の生活サイクルの中にメリネスブルグの大聖堂で奇跡を執り行う、というタスクが新しく加えられることになった。

別に、内容的にはどうということもない。煌びやかな聖職者の衣に身を包み、骨折などの外傷のために重篤な障害の残っている信徒を何もないところから取り出した『聖なる布と添え木』で癒やしたり、重病や重傷の信徒を何もない場所から取り出した『神の秘薬』で癒やしたり、何もない場所から大量のパンや清潔な布を出現させて施しを与えたりしているだけである。

言うまでもないが、全てインベントリとスプリント、それに各種ポーションの仕業である。なんだか巷では癒やしを与える神の使徒という名声とともに、手品師の兄ちゃんとか家壊しの兄ちゃんとか言われているようだが、細かいことは気にしないでおく。

こういった地道な活動を続けるための原動力となっているのが、城の中庭に作った薬草園と籠城用の農地だ。そこから取れる薬草や作物から聖職者活動（？）に使用する薬や食べ物、それに布などが作られている。

他には近隣の農地の開墾を手伝ったり、エアボードの運転講習を行ったりとそれなりに忙しく過ごしていたのだが。

「ドラゴニス山岳王国からの特使？」

「ああ。竜の伴侶たるコースケと竜であるグランデへの拝謁と、新生メリナード王国との外交関係を結ぶために来訪したとのことだ。アーリヒブルグに到着して、コースケとグランデ、それに私がアーリヒブルグではなくメリネスブルグにいると聞いたらメリネスブルグへとすぐに発ったらしい」

「ほーん……じゃあ着くのは何週間か後か？　その頃にはもう俺はメリネスブルグを発ってるんじゃないかな」

今、ダナンが解放軍とアドル教の聖職者を連れてメリナード王国領内の聖王国軍を掃討している最中である。掃討というか、ほぼ降伏勧告をして回っているだけの状態だが。

先日攻めてきた六万の討伐軍が事実上壊滅して撤退した旨をアドル教の聖職者と共に伝えて回り、おとなしく降伏するのであれば家族ともども本国への撤退の面倒を見るという条件で降伏を促しているのである。

聖王国軍の兵士と言っても全員が全員根っからの主流派だらけということもなく、メリナード王国領内で徴兵され、編成された兵士の中にはこっそりと亜人と付き合いのある者などもいたらしい。

というか、場所によっては聖王国の支配を受けているのは上辺だけで、亜人に対する弾圧が緩い地域などもあるようだ。それはどういう場所かと言うと、かつて黒き森に向かう亜人達と袂《たもと》を分かち、メリナード王国領内に隠れ潜んだ人間のメリナード王国軍兵士が潜伏していた土地である。

そういった土地ではメリネスブルグを落とし、聖王国軍を退けた俺達解放軍——つまり新生メリナード王国へと加わる動きが加速しているのだそうだ。最近はそういった土地からの使者も城に訪れているようで、シルフィやメルティ、相手によっては旧メリナード王国時代に社交の場に既に出ていたドリアーダさんや、前王妃であるセラフィータさんも応対に当たっているとか。

おっと、話が逸れたな。

エアボードならともかく、馬車で移動をしているのであればドラゴニス山岳王国の特使がメリネスブルグに到着するのは、ダナンが露払いした土地をエレンと一緒に均《なら》して回っている最中である可能性が高い。もしかしたらグランデはメリネスブルグに居るかも知れないが、俺は多分居ないだろうな。

「いや、彼らはワイバーンに乗ってアーリヒブルグまで来たらしい。早ければ明日にでもこちらに着くそうだ」

「ワイバーンか。ワイバーンって乗れるんだな」

「実際に目にしたことはないが、卵の状態から育てると人にも懐くそうだ」

「ほー。刷り込みみたいなもんかね」

鳥なんかは孵化してすぐに目に入ったものを親だと認識するって言うよな。全部の鳥がそうなのかどうなのかは知らんけど。卵生と思われるワイバーンにも似たような習性があるのかもしれない。

「しかし拝謁って言われても、何をすれば良いのかわからんのだが」

「ふむ……母上に聞いてみるのが良いだろうな」

「母上って、セラフィータさんか……」

俺の言葉から何かを察したのか、シルフィが表情を曇らせる。

「コースケには母上とも仲良くしてもらいたいのだが……」

「い、いや、仲良くするのは多分大丈夫だと思うんだが」

俺が心配しているのは仲良くなりすぎるんじゃないかという点だ。こちらの世界に来てからなんだか妙にモテているような気がしてならなかったが、その原因ではないかというものに先日気づいてしまったんだよな。

俺が何かしようと思ってしているわけではないし、あの後アチーブメントの項目をオフにしたりできないかと四苦八苦したのだが、どうにもそういうことはできないらしく、効果はなかった。

特にセラフィータさんにはアチーブメントの効果がピンポイントに作用するっぽいので、できれば接触を控えたいんだよな。いくら美人でもシルフィのお母さんだし、夫を亡くしたばかりの未亡人だし……いや、物凄い美人だとは思うけどさ。

「そうなのか？　それなら良かった」

俺の言葉に安堵したようにシルフィが微笑む。やめてくれ、その純粋な嬉しさから来ていますという笑顔は俺に効く。別に俺が悪いわけじゃないと思うが、すごく後ろめたい気持ちになる。

誰が悪いって言ったら、間違いなく俺をこの世界に連れてきて面白半分でアチーブメントを付与している愉快犯の野郎だと思うんだが。文句を言う手段もないしな。

「ま、まぁセラフィータさんに聞いておくよ。ウン」

「そうしてくれ。私は母上に聞きに行く暇もないんだ」

そう言ってシルフィは溜息を吐いた。今は昼食休憩ということで俺と一緒に食堂で食事を取っているが、食事が終わったら今日一日は執務室に缶詰になるらしい。なんでも次期女王としてやらねばならないことが山積みであるらしい。手伝ってやりたいが、書類仕事に関してはシルフィと一緒に仕事を進めているメルティの方が俺の十倍は戦力になるので、俺が行っても邪魔になるだけである。

「飯を食い終わったらセラフィータさんの所に行って聞いてみるよ」

「そうだな。先触れを出しておこう」

そう言ってシルフィが給仕をしてくれていた侍女の一人を呼び、昼食後に俺が訪ねるということをセラフィータさんに伝えるように言う。無自覚に俺の退路を断っていくこのムーブである。はっはっは、シルフィは可愛いなぁ！

何もないことを祈ろう。うん。

◆　◆　◆

「ようこそおいでくださいました。どうぞこちらへ」

昼食後セラフィータさんが待つという部屋に赴くと、そこには頬を薔薇色に染め、それはもう花のような笑みを浮かべた彼女が俺を待ち構えていた。あれよあれよという間にお洒落なティーテーブルへと案内され、アンティークな感じの椅子に座らされてしまう。

すると部屋に控えていた侍女が即座に見事な手前でお茶を用意し、また部屋の隅に戻っていった。見覚えのない狼か、犬系の獣人の侍女である。お歳はそこそこ召されているようだ。

「あの子はピエタといって、私が眠りに就く前に仕えてくれていた侍女なのです。私が目覚め、城で過ごしていることを聞きつけて駆けつけてきてくれたのですよ」

セラフィータさんがそう俺に説明し、侍女が無言で微笑みを浮かべた。しかし、なんだか彼女の所作と言うか、振る舞いというか、そういうものに違和感を覚える。

よくよく見てみれば、彼女の侍女服は少し変わったデザインだった。首元を覆い隠すようにタートルネックになっているのだ。もうそれなりの期間を城で過ごし、城の侍女が着ている服を見慣れている俺から見ても彼女の服が特別仕立てであることは察せられる。

そんな俺の視線に気づいたのか、セラフィータさんは悲しげな表情を浮かべた。

「ピエタは私の筆頭侍女でしたから、メリネスブルグを落とされた時に何か王家に関する秘密を見聞きしていないかと、聖王国軍から酷い取り調べを受けたようなのです。幸い命だけは奪われませんでしたが、喋ることが出来ないように喉を潰されてしまったと……」

そう言って悲しそうな顔をするセラフィータさんに対し、ピエタさんは微笑んだまま黙って首を横に振っていた。彼女の表情にセラフィータさんに対する恨みつらみといったものは俺には感じ取れなかった。そんな酷い目に遭いながら二十年もの歳月を過ごし、セラフィータさんの無事を知るなり駆けつけてくるということは、彼女はきっと物凄い忠義の人なのだろう。

「もし良ければなんですが、喉の傷を見せてくれませんか？」

「コースケ様？」

「もしかしたら治せるかもしれないので」

スプリントは本来手足の骨折を治すための包帯と添え木なので、喉というか首に効果があるかどうかはわからない。ただ、添え木を当てて包帯を巻きさえすればどんな古傷も直してしまうので、首のように添え木を当てて包帯を巻ける部位であれば治せる可能性は十分あると思う。

俺の申し出にピエタさんは遠慮するような素振りを見せていたが、セラフィータさんに説得されて観念したのか上着をはだけてその首を俺達の目の前にさらけ出してくれた。

「……よくもこんなことを」

それは酷い傷跡であった。どうやってこんな傷をつけられながら彼女が生き長らえることができたのかわからないほどだ。もしかしたら傷つけながら回復魔法のようなものを使ったのだろうか。

二十年前といったらピエタさんは十代半ばから後半くらいの年頃だっただろう。喉を潰された上に彼女は亜人であったのだから、この二十年間はとても辛く厳しい生活を強いられていたはずである。

「なんとか治せれば良いんだけど……っと」

インベントリから最近大活躍のスプリントを取り出し、彼女の首に添え木を当てて包帯を巻き付けていく。ピエタさんは何故首に添え木を？　とでも言いたそうな表情をしていたが、包帯を巻き終えると急に苦しげな表情を浮かべた。

「……っ！　けほっ、うゥッ！」

「ピエタ！」

セラフィータさんがピエタさんに慌てて駆け寄ろうとするが、ピエタさんはそれを手で制してゼイゼイと音を鳴らしながら何度も深呼吸を繰り返した。俺はその様子を見ながら、恐らく上手くいったのだろうなと内心で安心していた。

やがてピエタさんの首に巻かれていた添え木と包帯がポロポロと崩れて塵と化し、その塵も光の粒子となって空中に溶けて消える。その頃にはピエタさんも落ち着きを取り戻し、深く息を吐いていた。

「あ、あァー……あ、あ。セらふぃータさま」

「ピエタ！」

少し不自然な発音ながらも声を発したピエタさんに、セラフィータさんが飛びついて抱きつく。俺はインベントリから水の入ったペットボトルを取り出して蓋を開け、セラフィータさんに抱きつかれているピエタさんに差し出した。

「水です」

「コレはどうモ……しつレいイタしまス」

ピエタさんは俺から受け取った水を少しずつ飲み、何度か声を出して喉の調子を確かめた。ピエタさんから身を離したセラフィータさんがハラハラとした様子で彼女を見守る。

「あー、あ、あ。セラフィータ様」

「ピエタ！」

先程の焼き直しでセラフィータさんが再びピエタさんに抱きつく。うんうん、上手く行ってよかった。やっぱりこういうことに力を使った方が、いわゆる正しい道というやつを歩いているような気がするな。人に喜ばれ、あわよくば感謝されるような方向で力を使っていきたいものだ。

「コースケ様、ありがとうございます。私、なんとお礼を言ったら良いのか……」

セラフィータさんがピエタさんを抱きしめたまま、涙を流して感謝の気持ちを溢れさせている。ピエタさんもまた、セラフィータさんの目から溢れ出る涙をハンカチで拭いながら自分も涙を流していた。

◆　◆　◆

「お見苦しいところをお見せいたしました」

お化粧直しをしてきたセラフィータさんが再び席に座り、コホンと一つ咳払いをする。その頬は羞恥のためか、最初に俺がこの部屋を訪れたときよりも赤く色づいていた。というか耳までほんのり赤い。

「別に何も見苦しいところはありませんでしたけど」

「……いい歳をした女が童女のように泣く姿を殿方に晒すというのは、恥ずかしいものなのです」

そう言ってセラフィータさんは少し頬を膨らませてみせた。こういうところはシルフィと親子なのだなぁと思う。つまり破壊的に可愛らしい。

「それはそれと致しまして、コースケ様。ピエタの件、改めて感謝致します。本当にありがとうございました」

「ありがとうございました。この身果てるまで、コースケ様とセラフィータ様にお仕えしたいと思います」

セラフィータさんだけでなくピエタさんもまた、先程とは打って変わって流暢な言葉で感謝の意を伝えてくる。

「上手くいって何よりでした」

「アドル教の聖女や大司教が、コースケ様を神の使いと称するのもわかるような気がします。貴方の振るう力はまさしく神の奇跡のようですものね……それで、今日は何かご相談事がおありと伺っていますけれど」

「はい。ドラゴニス山岳王国から特使が来るそうで、その目的が俺とグランデへの拝謁ということなんです。ただ、拝謁と言われてもどのように振る舞えば良いかまったくわからないもので、セラフィーグさんに何か助言を貰えないかと」

「なるほど、ドラゴニス山岳王国ですか。確かに、彼《か》の国であれば人としての姿を取った竜であるグランデ様と、その伴侶であるコースケ様に拝謁したいと考えるのも当然でしょうね。彼らにしてみれば今のコースケ様とグランデ様は国祖である竜と娘、それとまったく同じ関係なのですから」

セラフィータさんはそう言って頷いた。いつの間にか顔の赤みも引いたようだ。

「拝謁に関しては特に何か気を遣う必要はないと思います。そもそもがあちらから言い出したことで、拝謁という言葉を使うということは最初からあちらが下の立場——つまり貴方達を上位者として認めているわけですから。そもそも、グランデ様は相手が誰であろうと人族に気を遣うようなこともしないと思いますが」

「それは確かに」

グランデが気を遣う相手というのは基本的に自分よりも強い相手のみである。俺は例外として、具体的にはメルティとシルフィくらいか。とは言え基本的には思慮深い性格なので、横暴に振る舞うことは殆どないのだが。あまり横暴に振る舞って周りに迷惑をかけるとメルティやシルフィにしばき倒されるので。

「コースケ様に忠告するとすれば、迂闊に言質を取られないようにということですね。彼らとしては是非ともコースケ様とグランデ様を自分達の国に招いて取り込みたいと思っているでしょうから。或いは、コースケ様とグランデ様の子供ができたら、是非とも婿や嫁に欲しいと思っているかもしれません」

「子供をですか」

「はい。長い年月の間で彼の国の王家に流れる竜の血というものも大分薄まってきていると聞いています。新たに竜の血を王家に取り込みたいと考えていてもおかしくはありませんね」

「……それって場合によってはグランデを王家の嫁に欲しいとかそういう話になりません？」

俺の言葉にセラフィータさんはきょとんとした顔をした後にクスクスと笑い声を上げた。

「まさか。そんなことをすればグランデ様の怒りを買うに決まっていますから、そんなことは絶対に言い出しませんよ。グランデ様があの姿を取った経緯は私も聞いています。いえ、絶対というのは言いすぎかもしれませんけれど。まともな神経をしていたら、そのようなことを言い出すことはないと思います」

「なら良いんですが」

グランデがブチ切れたら文字通りぶっ飛ばされることになるだろうし、そんな迂闊な真似はしないか。というか俺がぶっ飛ばすわ。

「最低限の礼儀を守って普通にお話をするだけで大丈夫ですよ。あちらはきっと機会があればドラゴニス山岳王国に招きたいと思っているでしょうから、いずれ時が来たら是非とでも言っておけば良いと思います。あとは、あちらがどのような提案をしてくるかですね。私としても、国祖たる竜と人の番《つがい》と同じ道を歩むお二人に、彼らがどのように反応するかは読みきれませんので……このタイミングであれば、恐らくは国交を結ぼうという提案をしてくると思いますが」

「それは安易に受けて良いものなんですかね？」

「彼らは少数ながら強力な飛竜兵の存在によって聖王国からは忌々しく思われつつもその力を認められていますし、それと同様に帝国からも一目置かれている存在です。二大国との争いには中立的な立場を取っている国でもあるので、その後ろ盾を得られれば新しいメリナード王国にとっては良いことかと思います。恐らくシルフィやメルティもそう思っているはずです」

「なるほど。その点については改めて二人に相談してみますね」

「ええ、是非そうして下さい。私の知識は二十年前のものなので、今は情勢が変わっているかもしれませんからね」

そう言ってセラフィータさんはにっこりと微笑んだ。

ドラゴニス山岳王国に関する話を終えた俺は、しばらくセラフィータさんとお茶をしてその場を辞することにした。しかし流石は元王妃様というかなんというか……気がついたらセラフィータさんのペースに巻き込まれて楽しくお茶を飲んでしまっていたな。また今度一緒にお茶を飲む約束もしてしまったし。

大丈夫だろうか。気がついたらセラフィータさんとべったり、みたいなことになりそうで怖いぞ。しっかりと用心しておこう。うん。相手は義母にあたる方だからな。

Different world
survival to
go with the master

第三話

西からの来訪者

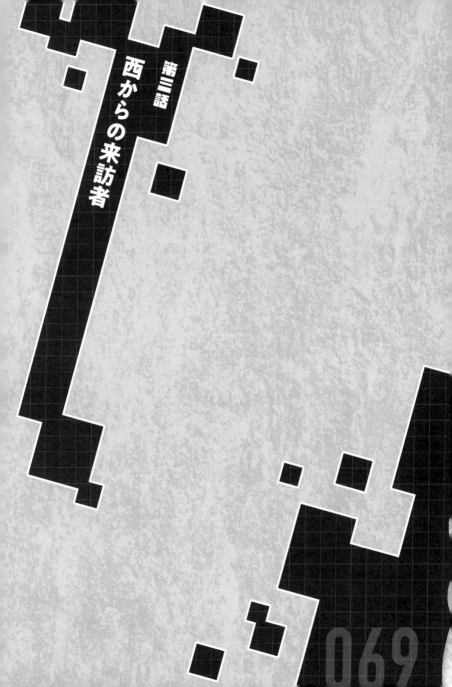

セラフィータさんとお茶をして過ごしたその翌日のことである。昼前くらいに城内がなんだか慌ただしくなってきた。恐らくドラゴニス山岳王国の特使とやらが到着したのだろう、と当たりをつけた俺は城内の畑の世話を中断し、手を洗ってグランデの居そうな場所を捜すことにした。特に捜すというまでもなく、普通に俺とシルフィの部屋でクッションの山に埋もれていたけど。

「グランデ、グランデ。昨日話してた連中が来たみたいだから起きてくれ」

「んー。ふあぁ……昨日言っておった連中か」

グランデがクッションの山から身を起こし、ごつい尻尾をピンと伸ばしてあくびをする。

最近、その尻尾には尻尾カバーがつけられていた。美味しいものを食べたりして嬉しくなるとついつい尻尾で床を叩いて石床を砕き散らかすので。

その尻尾カバーに使われている素材は、ライム達から提供された彼女達の体の一部である。軟質のゴムのように柔らかくて弾力があり、それでいて丈夫という理想的な一品だ。

「面倒じゃが、コースケと一緒なら我慢する」

「ありがとう。とりあえずシルフィの所に行こうか」

「うむ」

グランデのゴツゴツした手がそっと俺の手を握ってくるので、俺も握り返して手を繋ぎながらシルフィが詰めている執務室へと向かう。手を繋いで歩いている間、グランデはご機嫌そうにカバー付きの尻尾で床をぼよんぼよんと叩いていた。跳ね返ってくる感触が面白いらしい。

「しかし何の用なのかの。謁見だの拝謁だのと言われてもピンとこんのぅ」

「俺もピンとこない。まぁ、山岳王国にとっては国の始まりと同じような状況の俺達に何かあやかりたいとかそういう感じなんじゃないかな」

「ふむ。妾《わらわ》はコースケのため以外には爪一本動かす気はないがの」

「嬉しいけど、シルフィとかメルティの頼みごとはできれば聞いてあげて欲しいな。気が向いたらで良いから」

「うむ。気が向いたらの」

そうは言ってもシルフィもメルティもグランデはあくまで俺との個人的な縁で俺達と行動を共にしているのをわかっているから、あんまり解放軍というか新生メリナード王国としての仕事をグランデに振ろうとは、はなから思っていないみたいだけどな。

そんな会話をしながらシルフィの執務室へと向かっていると、ちょうど先からメルティが歩いてきた。

「ああ、ちょうど今呼びに行こうと思っていたんです」

「山岳王国の特使が来たんだろ？　どこで会うんだ？」

「城の貴賓室に会談の場を整えています。先にあちらの方をお通ししますから、お二人は近くの部屋で待機していて下さい」

「了解」

グランデと一緒に貴賓室の近くにある部屋でのんびり待ち、迎えの侍女が来たところで貴賓室へと向かう。こういう時は上の立場の者が後から入るものであるらしい。そういうものなのだなぁ、とか考えつつグランデの手を引いて貴賓室へと向かう。

貴賓室に着くと、先に侍女が入ってから俺達が室内へと招かれた。招かれるままに中に入ると、そこには三人の人物が待ち構えていた。

一人は前にアーリヒブルグで出会ったリザードシャーマンであった。ドラゴニス山岳王国に根付くドラゴニス教団の聖職者みたいな立場だったか。確か、彼らからすると人化して人族と共に生きる竜は信仰対象そのもの。そして竜の住処たる巣に訪れて、竜達に竜の伴侶と認められた俺は聖人そのものだとかそういうことを言っていたな。

今思ったが、俺はエルフ達の伝承における精霊に導かれた救い手にして稀人、更にアドル教の神の使者、ドラゴニス教団の現人神の伴侶にして聖人、という複数の立場を兼ねる人物ということになるのか？　今後どうなるかわからないが、後の歴史研究家には実在を疑われそうな存在になりそうだな。各宗教や勢力を結びつけるために創作された存在だとか言われそう。

そしてもう一人は見るからに武官と言った感じの人物だ。流石に武器は携帯していないようだが、恐らくワイバーンのものと思われる革鎧を身につけた眼光の鋭いリザードマンである。リザードマンの性別はちょっとわからない。

最後の一人は男性だった。頭に立派な二本の角を生やした壮年の男性だ。角は額の上、髪の生え際辺りから二本生えており、緩やかに後頭部に向かって湾曲している。あれが竜の角であると言われれば、なるほどそうなのだろうと納得できそうなほどの立派な角だ。

「また会ったな、ご老人」

「ええ、再び相見《あいまみ》えることができて嬉しく思っております。乗り手様も、グランデ様もご機嫌麗しゅう」

「うむ、苦しゅうない」

グランデがトテトテと歩いて彼らの正面にあるソファへと座り、ふんぞり返る。そして自分の隣をポンポンと叩いた。ここに座れということだろう。

「はいはい。それじゃ失礼しますよ」

グランデに請われるままにグランドの隣に座ると、グランデはすぐに俺の方に倒れ込んできてその角の生えた頭を俺の膝の上に乗せた。角が俺に当たらないように寝るのが上手くなったな、グランデは。

「こんな格好で失礼。俺がコースケだ。名前は聞いていると思うが、こっちがグランデ。知っての通りグランドドラゴンだな」

「いえいえ、竜とその伴侶が仲睦まじいことは素晴らしいことです。私から紹介させていただきますが、こちらのレザルス殿はドラゴニス山岳王国の王家に連なるお方で、今回の特使団の長を務めておられます。そしてこちらの戦士がドーン殿。ドラゴニス山岳王国で竜騎兵の一団を束ねている王国でも指折りの戦士です。今回は道中の護衛として、そして新たなるメリナード王国への助力ができないかということで同行頂いたのです」

「レザルスと申します。どうかお見知り置きを、乗り手殿」

「ドーンだ。よろしく頼む。申し訳ないが、戦士である俺は丁寧な言葉遣いが苦手だ。どうかご容赦願いたい」

竜人っぽいレザルス氏と武官のドーン氏が、それぞれ挨拶をしながら一礼してくる。レザルス氏は穏やかな表情をしていて今ひとつ感情が読みにくいが、ドーン氏からはなんとなく畏敬の念のようなものが伝わってくるな。レザルス氏からも敵対的な気配は感じない。

「ええと、こういう時はどういう話をしたら良いのかな。正直に言うと、拝謁と言われても俺達にはピンとこないんだ。何を話したら良いかわからないぞ」

「ほっほっほ、それはそうでしょうな。いや、悪い意味でなく。乗り手様は異界からの稀人、グランデ様は生粋の竜。そうなれば我らのような俗人の作法に慣れておらぬのも当然というものです。レザルス殿は王家に連なるお方であると同時に、伝承の研究者でもあるのです。よろしければ、お二方の出会いから今に至るまでのお話などを伺いたく思っております」

「なるほど……？　まぁ隠すようなことでもないんで、それは構わないけれども」

そして俺はグランデとの出会いから今までの話を少し詳しく話し始めた。リザードシャーマンのご老人は勿論、研究者であるというレザルス氏も、武人のドーン氏も俺の話に興味深そうに聞き入っている。

「ほう、魔神種の……その魔神種の女性もコースケ殿の……？」

「ええまぁ。はい」

「なるほど、なるほど。竜の伴侶ともなれば魔神種の女性を惹きつけるのも当然なのかもしれませんな」

「然り。しかし、ドラゴンを素手で下すほどの猛者《もさ》ですか……是非お手合わせ願いたい」

「ははは……本人はあまり積極的には戦いたがらないんですがね」

メルティは必要とあらば魔神種としての力を存分に振るうが、普段は文官としての仕事に注力しているからな。彼女にとって魔神種としての圧倒的な戦闘能力というのはあくまでも手段の一つでしかないらしい。

「それで、黒き森でグランデ様の親族との邂逅ですか」

「そうだなぁ。まぁグランデの家族は強烈だったよな」

「あまり家族の話はするでない……でも兄上達をぶっ飛ばして屈服させたコースケはかっこよかったのじゃ」

「コースケ殿が？」

レザルス氏が驚いた顔で俺を見る。ドーン氏も驚いたのは同じようで、目を剥いていた。まぁ、俺は見た目的にそんな強そうに見えないよね。

「そうじゃ。コースケは見た目は弱そうに見えるかもしれんが、そんなことはないぞ。ワイバーンなんぞ羽虫のように叩き落とすし、ドラゴンの鱗すらも突き破る攻撃を連発することもできる。先日もコースケの力によって何万もの大軍を追い払ったという話だしの」

「俺の力には違いないけど、俺自身が強いわけじゃないぞ」

「そうは言うがの、コースケ。お主、やろうと思えば誰の助けも得ずともあの軍勢を皆殺しに出来たのではないか？」

「まさか」

そう言って肩を竦めておく。実際のところ、出来るか出来ないかで言えば出来ただろうけど。

聖王国軍の侵攻ルートに魔煌石爆弾を埋めておいて、聖王国軍が来ると同時に起爆させていれば一撃で聖王国軍を消し飛ばせただろう。そこまでしなくとも、他にもやりようはいくらでもあったと思う。別に魔煌石爆弾だなんて大層なものを使わなくても、爆発物ブロックを大量に敷設して爆破しても良かったし、トーチカでも作って山程銃弾や砲弾を撃ち込めば、一人でも撃退は出来たかも知れない。

そんな面倒なことはしたくないし、俺一人でそんなことをしても何の意味もないどころか逆に問題しか起きないのでしなかったけど。

「ふむ……やはり竜の伴侶となられるお方は選ばれるだけの傑物であるのですね」

レザルス氏が納得するように何度も頷いている。ドーン氏の視線が怪しいが、俺は剣だの槍だのを使った殴り合いにはまったく自信がないので、そういうのはザミル女史とでもやってほしい。単にボコボコにされたいならライム達を紹介してもいいけど。

その後、黒の森奥地にあるグランドドラゴンの営巣地の話や、グランドドラゴンの宴の話などをしたのだが、彼らにとって聖地でもある黒の森奥地やグランドドラゴンの営巣地の話は非常に興味深い話だったようで終始感心した様子であった。

「興味深い話を聞かせていただきました。国の同胞達にも是非お話を聞かせてもらいたいものです」

「機会があればば。今はちょっと忙しいから、いずれということになると思うけど」

「それはそうでしょうな。無論、今すぐというわけにはいきますまい。こちらとしては、新たなる王国の誕生……いえ、メリナード王国の復興は寿《ことほ》ぐべきことだと思っております」

レザルス氏の気配が変わった。どうやら雑談タイムはここまでのようだ。果たしてどんな話が飛び出してくるのやら。

◆　◆　◆

「お二方に是非ともご了承頂きたきことがございます」

来るぞ……！　と身構える。一体何を突きつけて来るつもりだろうか。やはりグランデと俺との間に子供が出来たら嫁とか婿に欲しいとかそういう話か？　いや、まさかグランデの身柄そのものを……？　俺の内心の緊張が伝わったのか、目を瞑っていたグランデが片目を開けてチラリと見上げてくる。

「お二方の絵姿を、我がドラゴニス山岳王国に広めることをご了承いただきたいのです」

「……んん？」

なんか思ってたのと違う。なんというかこう、呑むのが辛い要求を突きつけてくる代わりにドラゴニス山岳王国の支援をお約束しますとかそういうのじゃないの？

「いや、それは構わないけれども」

「そうですか！　それは良かった！　ついでにと言ってはなんですが、今しがたお話し頂いたお二方の馴《な》れ初《そ》めに関するお話も、一緒に伝えても宜しいでしょうか？」

「別にいい……よな？」

「妾は構わん」

「おお！　それは僥倖《ぎょうこう》！　父祖の再来たるお二方に、民達はそれはもう強い興味を抱いているのです。そのお二方と友誼《ゆうぎ》を結ぶことができれば王家の権威もいや増すというもの。今後とも是非よしなにしていただきたい」

「お、おう」

立派な角のイケメンおじさんが、めっちゃ目を輝かせていらっしゃる。

「それと、ちーずばーがーやほっとけーきでしたか。グランデ様が好物とされている食べ物のレシピなどもできれば教えて頂きたい。グランデ様を惹きつけるその料理を国民は強く求めるに違いありませんからな」

「まぁ、それは別に構わないいな」

チーズバーガーというかハンバーガーやケチャップ、それにホットケーキに関しては錬金術の材料として使われていた鉱石の一種が重曹として使えることがアイラによって発見され、重曹を使った焼き菓子の類などがアーリヒブルグでは日々研究されているという。

今は俺がクラフトで作り出したベーキングパウダーの研究もアーリヒブルグで行われているが、なかなかに苦戦しているらしい。俺もベーキングパウダーの詳細なんてよく知らないからなぁ……実物はクラフトで作れても助言はできないんだよな。とりあえず重曹に色々混ぜたもの、くらいしかわからないし。

ちなみにケチャップに関してはこちらの世界のトマト風の野菜であるトゥメルを使うので、色が違う。トゥメルは概ね緑色か黄色の果物野菜なので、こちら産のケチャップは緑ないし黄色なのだ。チーズやピクルスに相当する食品は問題なく存在したし、パテに関しても挽き肉に調味料や香辛料を加えて焼くだけなので模倣はまぁできた。

ホットケーキに関しても重曹さえ発見できれば作るのは難しくなかった。俺もホットケーキに使われる材料くらいは覚えていたからな。ちょっとうろ覚えな部分もあったが、そこはトライ&エラーを繰り返してなんとかした。今ではハンバーガーと共にグランデ縁《ゆかり》の品としてアーリヒブルグでは屋台も出ている。別にレシピを教えることによって誰かが損を被ることもあるまい。

「解放軍の調理担当にレシピを把握しているのが何人も居るはずだから、そちらから習ってくれれば良いだろう。後でシルフィ経由でレシピの伝授をするように解放軍の調理担当に話を通しておく」

「それは助かりますな。それで絵姿についてですが、今回の特使団に画家を帯同しておりますので、都合の宜しい時にでもお願いできれば」

「別にいつでも良いっちゃいつでも良いけどな。なんならこの話し合いが終わった後でも」

「素晴らしい、是非ともお願い致します」

「レザルス殿、こちらからお願いしてばかりでは礼を失するのではないかな？」

ツヤツヤとした笑顔を浮かべるレザルス氏をリザードシャーマンが諌めた。諌められたレザルス氏が慌てて表情を引き締める。

「それはそうですな。失礼、少々興奮してしまいました」

居住まいを正したレザルス氏が一つ咳払いをしてからキリッとした表情を作る。元がイケメンだから、急に威厳のようなものが漂ってくるのがちょっと面白い。

「お二方の寛大な対応に心よりのお礼を申し上げます。ここからはドラゴニス山岳王国としての対応の話をさせていただきます。我々としては、コースケ様とグランデ様のおわすメリナード王国に可能な限りの支援を行いたいと思っております。飛竜兵や竜騎兵とはじめとした戦力の派遣や、物資や資金、技術などの融通、それに交易や外交面における支援なども行う用意がございます」

「大盤振る舞いだなぁ。俺とグランデの絵姿に、馴れ初めの話、それに料理のレシピへの対価としてはあまりにも過分じゃないか?」

正直、差し出したものに対するリターンが大き過ぎるようにしか思えない。彼らの興国の祖と同じ立場であるからといって、ただ友誼を結んで少々のやりとりをしただけで示す対価としては過分に過ぎるだろう。

「そのようなことはございませんとも。政治的にも軍事的にも正当な取引でありますよ。メリナード王国とその王家の血筋が権勢を取り戻せば、我々ドラゴニス山岳王国に対する聖王国の軍事的圧力は大幅に低下し、我々は安寧を享受できるようになります。言い方は悪いですが、我々にとってメリナード王国の立地は、聖王国に対する盾として非常に有用な位置なのですよ」

「なるほどなぁ」

「それに、新たなメリナード王国の女王陛下は黒き森のエルフとも交易ができる立場であらせられる。

我々にとっても黒き森から齎《もたら》される交易品は喉から手が出るほど欲しい一品なのです」

「そういえば、ドラゴニス山岳王国は飛竜を使った長距離貿易で外貨を獲得しているんだったな」

地形を無視して目的地にひとっ飛びできる飛竜貿易は、ドラゴニス山岳王国の主要な外貨獲得手段だと聞いている。野盗に襲われる心配もなく、多くの荷物を抱えて長距離を飛べる飛竜貿易はドラゴニス山岳王国に多大な利益を齎している のだという。

「はい。黒き森のエルフから齎される交易品は二十年前にメリナード王国が滅びて以来、手に入れることができなくなっていますから。市場価格はそれはもう天井知らずと言って良いほどに跳ね上がっているのです。そういった交易品が再び扱えるようになれば、我々は更なる富を得られるわけですね」

レザルス氏が穏やかな笑みを浮かべる。世界情勢に明るいとは言えない俺では実際のところどうなのかという判断まではつかないが、話を聞く限りではある程度筋が通っているように聞こえる。

実際のところはシルフィやメルティに判断してもらうほかないだろうが、まぁ悪い話ではないように思える。

「てっきりグランデと俺との間に子供が出来たらそれを嫁なり婿なりに欲しいとか、最悪グランデを寄越せとか言ってくるんじゃないかと警戒してたんだけどな」

「まさか！　お二方の間を引き裂くなどというのはまさに我々の興国の伝説に泥を塗って打ち捨て、更に踏みつけて唾を吐きかけるかの如き蛮行でありましょう。我々がそのような行為に及ぶことは父祖に誓ってありえません。もしそのようなことを企てる者がいたら、我々は全力をもってその者を打ち砕き、焼き滅ぼすことでしょう」

「お、おう」

ドン引きした。レザルス氏の目がマジである。本気と書いてマジである。彼は本気でそう考えているようだ。左右に座る武官のドーン氏とリザードシャーマンの爺さんも何度も深く頷いている。俺とグランデに対する彼らの畏敬の念は俺が思っているよりも遥かに強いものであるらしい。

「ご子息、ご息女については我らの国にお招きすることができれば望外の喜びですが、そのようなことを取引の条件として突きつけるなど……そのような行為はあまりにも不敬でありましょう。我々はお二方を利用したいわけではありません。ただ友誼を結んで頂きたい一心なのです」

レザルス氏は曇りなき眼を俺とグランデに向けてそう言った。そしてグランデが一言。

「コースケ、もう良いじゃろ。この者達が我らに一欠片《ひとかけら》も悪意を持っておらぬことは明白じゃ。それよりも妾は小腹が空いてきたぞ」

「ああ、そう……まぁうん。じゃあ全面的に受け入れる方向でお願いします。実務的な話はシルフィとかメルティとしてもらったほうが良いと思うんで、こちらから会談を手配できるように話を通しておくよ」

「承知致しました。よろしくお願い致します」

この後はグランデの好物のチーズバーガーや生クリームとジャムたっぷりのホットケーキ、それにプリンなどをレザルス氏達にも出してしばし歓談した。彼らとしてはプリンが一番気に入ったようである。プリンのレシピも提供すると約束すると小躍りせんばかりに喜んでいた。

こうしてドラゴニス山岳王国との会談……謁見……拝謁？　もうわかんねぇな。とりあえず話し合いは極めて穏やかな形で落着することとなった。実務に関してはシルフィとメルティに丸投げである。俺が国家レベルの軍事や貿易に関するやり取りをするのは無理だからね。餅は餅屋だ。

◆　◆　◆

「コースケさんとグランデのおかげで、ドラゴニス山岳王国との交渉は上手くまとまりそうです。ただ、もう少し詳しく話を聞きたい部分もあるという話でしたので、お願いしますね」

いつもの籐製の長椅子で俺の横に座ったメルティがにこにこしながら俺にそう言う。俺としてはそんなに機嫌の良さそうな笑顔でメルティに頼まれてしまうと、どうにも断れない。

「事前に予定を組んでもらえれば構わない。ただ、グランデは気が向いたらってことで頼むぞ。あんまり強要はしたくないんだ」

「はい、承知しました」

ドラゴニス山岳王国御一行との拝謁というか会談を終えたその夜、食後ののんびりタイムにおいてメルティはとても機嫌が良さそうであった。俺とグランデの行動がメルティの機嫌が良くなる一助となったのなら幸いである。

「それにしても思わぬところで思わぬ縁が結ばれたものだな。ドラゴニス山岳王国は我々を全面的に支援するそうだ。その動きに呼応する諸外国もあるだろう。ドラゴニス山岳王国の動き次第では聖王国の西側に反聖王国の諸国連合が結成されることになるかもしれん。ことによっては思ったよりも簡単に聖王国との講和を達成することができるかもしれないな」

俺を挟んでメルティと反対側に座ったシルフィも実に上機嫌である。近いうちに聖王国との会談に臨む予定であったシルフィとしては、ドラゴニス山岳王国という聖王国や帝国も一目置く国の助力を得られたというのは、まさに心強い味方を得たような気分なのだろう。

「門外漢の俺が言うのもアレだが、足を掬《すく》われないようにな。いくら向こうが俺達に、というか俺とグランデに友好的でも、相手は古い歴史を持つ王国だ。自分達だけが損を被るような真似はしないだろうし、必要とあらばメリナード王国を見捨てることだってあるだろう。あっちにしてみれば俺とグランデの安全さえ確保できれば良いんだろうし」

国家と国家の間で真の友情というものは育まれることはないとかなんとか、そんな感じの言葉を地球で聞いた覚えがある。真の友情じゃなくて真の味方だっけか？　まぁ、ニュアンスは理解できる。どんなに友好的に見えても国家である以上、その行動は国益を中心として動いているということだ。つまり、国家としての利害が対立すれば昨日の友は今日の敵に変わりかねない。

そういう意味では、メリナード王国とドラゴニス山岳王国との間で争いの火種になりかねないのは、俺とグランデの存在に他ならないだろうな。俺達は両国を繋ぐ架け橋であると同時に、両国が争う原因となる火種でもあるのだ。

今は俺とグランデが――というか俺が解放軍に肩入れしているのもあって、ドラゴニス山岳王国は解放軍と新たなメリナード王国に対する全面的な支援を表明することとなった。これは俺と俺に寄り添おうとするグランデの意思を尊重してのことだろう。

しかし、彼らが方針を翻して力ずくにでも俺とグランデをその手中に収める、という選択肢を取った場合、俺達と彼らは即座に戦争状態に突入することになる。まぁ、戦いになったところで負けるとは到底思っていないが。もし彼らの飛竜兵や竜騎兵が襲いかかってきたら12．7mm口径の重機関銃が盛大に火を噴くことになるだろう。

鉄や鋼、それに皮革等の資源については先日の聖王国軍から接収した武具によって大変潤沢な状態になったので、俺は来たるべき時に備えて密かに武器弾薬を量産中なのである……と言っても、現状では7．92mm口径の軽機関銃でもオーバーキル気味なので、12．7mm口径の重機関銃を量産したところでどの程度出番があるかは甚だ疑問だったりするのだが。

「その辺りは私達も弁えているさ。何にせよべったりと頼り切りになるのも国家として健全な形とは言えないし、頼るにしても節度を持ってだな」

「コースケさんのおかげで食料と資金、資材には事欠きませんからね。主に外交的な助力を請う形になるでしょう。いずれはコースケさんに依存している部分も是正していかなければなりませんけど」

「うん、それはそうなんだろうな」

俺の力によって齎される恩恵がなければ、今のメリナード王国が立ち行かなくなるのは火を見るよりも明らかである。国家を運営するための食料と資金、そして資材がたった一人の人間の手によって賄われている状態というのは、それもまた国家として不健全な有様だ。そのような状態は一刻も早く是正されるべきなのだろう。

「つってもね。そうなると俺のやることがなくなっちゃって退屈になりそうだけど」

「そうですか？　退屈になっている暇なんてないと思いますけど……」

「そうだな」

右からメルティがニヤニヤとした視線を、左からはシルフィがじっとりとした視線を俺に向けてくる。おおう……これはもしや地雷を踏んでしまったのではないだろうか？

「ドリアーダ姫殿下からお話があったんですよね……コースケさんはどうしたいんですか？」

「最近母上と大層仲が良いそうだな？　母上はいつもコースケの話をして、コースケがどうしているのか知りたがっているという話だぞ？」

「あ、あー……うん。その件ね」

二人の視線を頬に感じながら天井に視線を向ける。どうしたいのかと聞かれても割と困る。俺としてはこれ以上お相手を増やすのはちょっと……と言いたいのだが、この世界の結婚観的にはなぁ。

「多分俺の意思が重要なんだよな？」

「はい。とはいえ、はっきりとコースケさんとお付き合いをしたいと言ってきているのはドリアーダ姫殿下だけですが」

「そっかー……二人としてはどうなんだ？　って聞くのもなぁ」

結局のところ、二人に意見を聞いたところで最終的に判断するのは俺だ。こうして二人に聞くのも結局は二人にそう言われたから、という自分への言い訳に使いたいだけなのだろう。それはあまりにも卑怯なのではなかろうか？

「うーーーーーーん……」

「コースケさんは本当に女性関係には消極的ですよねぇ」

「幼い頃から培った倫理観というか、結婚観というのものはなかなか覆せるものではないだろうからな」

天井を見上げて悩む俺の横で二人が何やら話し合っているが、悩んでいる俺の耳を素通りしていってあまり頭に入ってこない。

まぁ、なんだ。ズルズルとシルフィだけでなくアイラ、ハーピィさん達、エレン、メルティ、グランデと手を出してきたのだから、今更二人増えたところで……ああいや、アマーリエさんとベルタさんもだったたか。そうなると四人か。ハーピィさん達だけで二十人近くもいるのだから、今更四人増えたところでって気はしないでもない。でもそういう問題じゃないよなぁ。

「とりあえず、お付き合いからで。何にせよ、あちらからの好意はともかくとして俺からの感情が追いついてない。まずはじっくりと話したり、一緒に過ごしたりしてお互いに関係を深めていきたいと思うんだ」

「それも道理ですね。ドリアーダ姫殿下もセラフィータ様も時間はいくらでもあるのですし」

「母上もまぁ、そうだな」

「というかどうなの？　俺がセラフィータさんとそういう関係になるのは」

「長命種だとなくはない話だな。まさか私がそういう体験をする羽目になるとは思わなかったが」

シルフィがとても複雑そうな顔をしている。

「母娘で好みも似るんですかねぇ」

「そういうのじゃないんじゃないかな……というか、俺の能力が関係している疑惑があるんだが」

「能力？」

「ああ、実はな……」

俺はアチーブメントと異性に対する攻撃力の項目について説明した。その話を聞いた二人が同じように首を傾げてみせる。

「関係ないのではないか？　その異性に対する攻撃力というのが本当に魅了の魔法のように働くかどうかを検証したわけではないのだろう？」

「え、まぁそりゃそうだけど。検証のしようもないし」

アチーブメントはオフにする方法がないので、確かめる術がないのだ。いつの間にか増えているし、何か数値として好感度的なものが見えるわけでもないしな。

「別に気にすることはないのではないか。よしんばコースケの能力がそのように働くとしても、それはつまりコースケがより魅力的に見えるようになるということなのだろう。その能力も含めてコースケなのだから、構わないのではないか？」

「それをナシとか言ったら、夜魔族とかお日様の下を歩けなくなっちゃいますよね」

ヤマ……閻魔様？

「ヤマ族？」

「夜の魔と書いて夜魔族です。夢魔族とも呼ばれますね。淫魔族と呼ぶのは差別になりますのでそう呼んじゃダメですよ。彼女達も女性しかいない種族ですけど、何もしないでも魔力が魅了の魔法として放たれてしまうなかなかに難儀な種族なんです」

「そりゃ本当に難儀だな……でも、多分会ったことはないんじゃないかな」

多分サキュバス的な種族なんだろう。有翼族の中に蝙蝠《こうもり》みたいな翼を持つ人が居たけど、特に妙な気分になったりはしなかったから、きっと別ものだろうな。

「いや、会ったことがあるはずだぞ。コースケは素顔を見せても目をじっと見ても大胆に肌を見せても何の反応もしないから、面白くないとか逆に安心するとか言っていたな」

「そうなのか……俺にはそういう魔法の類は殆ど効かないからな」

どうやら別ものではなかったらしい。そう言えばやたらと俺の目をじっと見たり、薄着になる人がいた気がする。目のやり場に困ってドギマギしてしまったが、特に向こうからは何も言ってこなかったからスルーしたんだよな。

自動的に発散される魅了の魔法に慣れすぎているせいで、逆にコミュ障だったりするのだろうか。

「話が逸れたが、つまり私が言いたいことは夜魔族と同様にそれも含めてコースケの魅力なのだから、別にそれを気にする必要はないのではないか、ということだ」

「なるほど……？」

「自分の力がどうこうとかそういうことを考えないで、真正面から受け止めて答えを出してください。アドル教の件とは違ってこちらはシルフィも応援できる内容ですから」

「種馬として差し出すのとはまったく別の話だからな」

そう言ってシルフィは今にも舌打ちをしそうな表情をする。

「寿命の差を持ち出されると仕方がありませんけどね……最終的にはコースケさんにまるっと全部押し付ける形になってしまっているのが心苦しいのですけど」

心苦しいと言いつつその俺の胸板を撫でる手は何かね？　いつの間にか間合いが詰まってるというか密着状態ですよ？　あれ？　シルフィさん？　メルティだけでなくシルフィもか？

「ああ、本当に心苦しいし、それ以上に口惜しいな」

「きっと一年と経たないうちに先を越されるんでしょうね」

「人族は短命だが、子を成しやすいからな」

「落ち着け、落ち着くんだ二人とも」

既に俺の両腕はシルフィとメルティに左右からガッチリと抱きつかれてホールド状態である。この二人を振り払うことなど出来るはずもない。心理的にも勿論のことだが、そもそも物理的に不可能である。

「OKOK、落ち着け二人とも。まずは話し合おうじゃないか。大丈夫だ出来る出来る俺達は話し合える諦めるな諦めるなy――――ウワーッ！」

シルフィとメルティが二人がかりで俺をベッドへと引きずり始める。俺も本気で抵抗しているわけじゃないが、二人とも全くビクともしない。身体の基本スペックの違いを感じる。

「口ではなんやかんや言うが、身体の方は素直じゃないか」

俺をベッドの上にポンと放り投げたシルフィが舌なめずりをしながら俺を見下ろしてくる。長くて尖ったお耳がピコピコと大変楽しそうに動いていて何よりです。

「その台詞《せりふ》はどっちかというと男の俺が言う方が自然な台詞じゃないかな。あと身体の方で物理的に抵抗しないのは無駄だってわかってるからだからな？」

「もー、こんなにか弱い乙女達を捕まえてまるで私達の方が力強いみたいな言い草は良くないですよ、コースケさん」

頬を膨らませてそんなことを言いながら、メルティが俺の服に手をかけて脱がし始める。

「普通か弱い乙女っていうのは男をベッドまで引きずっていって放り投げた上に服を剥ぎ取り始めたりしないいんだよなぁ……」

「……不満か？」

「実を言うとそういうのも嫌いじゃなくなってきた。あ、待って。乱暴にするのはやめよう。二人の体力で攻められたら干からびちゃうから。辛抱たまらないじゃないいんだよっ！　ウワーッ⁉」


助けてグランデ！

◆
◆
◆

「随分と疲れた表情ですね？」

翌日。朝食を済ませてフラフラと中庭に向かって歩いていると、ばったりとエレンに出会った。今日も聖女様らしい白地に金糸の装飾が映える聖衣に身を包んでおり、なんというか眩しく感じるほどの神々しさだ。

「ああ……うん」

しかし、朝っぱらから身体のダルい俺は力なくそう返すことしかできなかった。何せ最大体力と最大スタミナが三分の一以下になっているのだ。それはもうヘロヘロなのである。

「まったく、私を差し置いて何をしているのですか、何を」

「ナニかなぁ……」

エレンがぶつくさ言いながらも俺に向かって手を翳《かざ》し、光を放ちはじめた。あぁ～、なんか知らんが気持ち良い。ふと視界の隅に表示されている体力とスタミナのゲージに意識を集中すると、なかなかの勢いで最大値が回復していっている。これはあれだな、前にかけてもらった賦活の奇跡とかいうやつだな。

「助かった」

「普通の人なら五人は重傷状態から完全に癒せるくらいの賦活をしたのですが」

「そうなのか」

「相変わらず油虫並みの生命力ですね」

「ゴ○ブリ扱いはやめないか。でもありがとう」

完全に復活した俺は素直にエレンに感謝の意を表明した。あの状態から回復するのには半日くらいはかかるからなぁ。ちゃんと食って安静にしてれば徐々に回復するんだけど、半日も身体がダルいのは単純に辛い。

「そう言えば、昨日はドラゴニス山岳王国の特使と面談したそうですね」

「ああ。何か思うところがあるのか？」

なんだか少し含むところのありそうな口調だったのでそう聞いてみたのだが、エレンは首を横に振った。

「いいえ、特には。彼らの奉じる竜信仰の主な信仰者はリザードマンやラミアなどの亜人の方々なので、私達のアドル教とはあまり層が被りませんしね。お互いに尊重、悪くても不干渉でいられれば良いと思います」

「それにしては深刻そうな様子だったけど」

「あちらでも貴方が聖人扱いされてしまうと、我々と取り合いにならないかと」

「なるほど。まぁ、大丈夫じゃないかな？　俺やグランデの行動を制限しようとかそういうことは考えてないみたいだし」

あくまで彼らはあるがままの俺達をただ尊重したいって感じだったものな。彼らにとって俺達は正しい意味で偶像《アイドル》なのだろうな。

「それならば良いのですが……それで、旅の準備は進んでいるのですか？」

「まぁそれなりにかな。エアボードの改修は終わってるし、こちら側の人員は既に慣熟訓練を始めてるよ。そっちの方はどうなんだ？」

「人員の選定は終わっています。今は全員で新しい経典を読みながら、その教えを吟味しているところですね」

「なるほど……って経典の数は足りてるのか？　皆で読むだけでなく、配布とかもしなきゃならないだろう？」

何にせよ新しい――実質的には旧《ふる》い――教えを広めるのであれば、その教えが書かれている経典を広く配布する必要があるはずだ。現行の主流派の教えが書かれている経典をどうするか、新しい教えに従おうとしない者達をどうするか、という問題もあるだろう。

「そうですね、正直に言うと数を揃えるのが少々難しいです。写本も進めてはいますが、どうしても手書きですと限界というものがありますので。木版で印刷するにも時間が足りませんし」

「そりゃそうだろうなぁ」

この世界でも木版による印刷はある程度進んでいるようだが、ほんの数週間で分厚い経典を大量生産できるほどの生産力は発揮できないようである。まず印刷用の木版を大量に作らなきゃならないし、木版ができたとしても印刷と製本にはそれなりに手間がかかる。無論、それでも手で書き写すよりはずっと早いに決まっているが。

「そういや遺跡で見つけた写本の一つがインベントリに入ったままだったな」

「そういやって……貴重な本なのですけれど」

「まぁまぁ」

ジト目を向けてくるエレンを宥めながら、インベントリから取り出した写本を片手にテクテクと歩いて中庭にある作業小屋へと向かう。ここは中庭の片隅に建てさせてもらった俺の作業小屋で、中には各種の作業台を設置してあるのだ。

「何をするつもりですか？」

「作業台でこれを量産できないかなと」

「そんなことができるのですか？」

「わからんから試してみるのさ」

　ゴーレム作業台のメニューを開いて作業台のインベントリに写本を入れ、植物の繊維で量産した大量の紙と煤や炭、油等からクラフトした黒インクも同様に作業台のインベントリに入れる。

「むむ……唸れ、俺の小宇宙《コスモ》……！」

「こすも……？」

　怪訝な表情をするエレンはとりあえず置いておいて、アイテムクリエイションに集中する。集中すると言っても、クラフトアイテム欄に追加されろ、されろー、と念じるだけなのだが。未だに正しい作法はわからないんだよな、アイテムクリエイション。なんとなく念じたらできるみたいな感じなんだよこれ。

「唸っているだけで何かがあるんですか？」

「あることもある。ないこともある」

「なんですか、それは」

　若干呆れた様子のエレンをよそに、俺はゴーレム作業台のクラフトアイテム一覧をスクロールして目的のものが追加されていないか探した。

・アドル教経典オミット王国歴109年度版写本――素材：インク×2　紙×10

「できたよ！　経典の写本が！」

「本当ですか？」

エレンがずいっと身を乗り出してくる。あ、なんかいい匂いがする。

「どこにあるんです？」

赤い瞳が不機嫌そうに至近距離から見つめてくる。Oh……せっかちだな。

「まだリストに追加されただけだ。今から量産するから、ちょっと待ってくれ」

とりあえず百冊をクラフト予約する。一冊辺り三分でできるようだから、百冊で三百分。全部できるまで五時間か。たったの三分で、ちゃんと製本された状態で一冊の本ができあがってくるとかもの凄く早くない？

「とりあえず百冊量産するから、少し待ってくれ。一冊辺り三分かかる」

「百冊？　一冊三分ということは、たったの五時間で百冊の写本ができあがるのですか？」

「そういう計算になるな」

「……凄まじい力ですね。直接的に食料や武器を作るよりも、ある意味で凄まじい力です」

「そうか……？　そう言われるとそうかもな」

知識は力である。しかも武器や防具、それに金銭などとは違って、生きている限り絶対に奪われることのない力だ。そして、書物はその知識を得るために最適なツールの一つだ。これを量産できるということは、決して奪われない力を持つ人々を大量に生み出すということなのかもしれない。

「ただ、俺の力は考えなしにバンバン使うと他の人の生活を脅かすからなぁ。俺一人の力に頼る生産体制ってのも歪《いびつ》だし、あんまり多用はできないし、するべきじゃないと思うよ」

「それも道理ですね。世を乱さない程度に、足りない部分を補うように使うのが良いのでしょう」

そんな話をしているうちに一冊目が出来上がった。出来上がってきた写本をゴーレム作業台から取り出し、エレンに渡す。

「……ものすごく読みやすい文字ですね」

「どれどれ？　おお、確かに。活字っぽい感じになってるな」

文字の大きさや形が揃っていて、とっても読みやすい感じになっている。完全に活字だな、これは。

「奥付の発行年月日が、オミット王国歴１０９年のままですね」

「複写だからな。悪いが、そこは手作業でなんとかしてくれ」

「はい。これくらいなら手間でもありませんね」

どうするのかはわからないが、まぁ手書きで複製した年月日を書き加えるとかそんな感じだろう。

「それで、これは貴方にしか取り出せないのですよね」

「そうだな」

「今から五時間……」

「いや、ここに張り付いてる必要はないからな？」

あとは自動で作ってくれるのだから、五時間後に回収しに来ればいいだけの話だ。その間は他の作業をしていればいい。

「……そんなに私と一緒にいるのは嫌ですか」

「いやそんなことは全然ないけれどもね？　忙しいんじゃないかなぁと」

「大丈夫です。少しくらい行方を晦ましても、写本を百冊持っていけば問題ありません」

そう言って赤い瞳が至近距離からジッと俺の顔を見上げてくる。俺の今日の予定も、まぁ誰かに会わなきゃいけないようなものは入っていなかったはずだ。そりゃ遠征に備えてやらなきゃならないことはあるが、この作業小屋でできることも多い。

「……よし、それじゃあゆっくりじっくりと写本作業をするとしようか」

「はい」

わずかに頬を赤く染めてエレンが小さく頷く。さて、それじゃあ今すぐ使わない作業台を片付けて、テーブルと長椅子でも設置しますかね。

Different world
survival to
go with the master

第四話
国内平定に奔走する

エレンと二人きりのお茶会をしたり、夜に長椅子でシルフィと語り合ったり、アイラと新しい魔道具の開発をしたり、畑を耕したり、畑を耕したり、畑を耕したりしている間に日々は過ぎていった。

いやホント、畑はかなり広げたんですよ。農地ブロックじゃなくて本当にただ俺が耕しただけの農地だけど。それでも普通の畑よりは収穫量も良くなるし、収穫時期も若干早まるからな。

兎にも角にも今まで奴隷とされて最低限の食事しか与えられていなかった亜人達にも、奴隷という身分から解放された以上はたらふく食べさせてやらなきゃならない。それが国家としての義務であろう。そういうわけで、俺はここのところ農地を耕す機械と化しているわけである。

無論、俺一人が苦労しているわけではない。耕すのは俺でないといけないが、開墾作業そのものは様々な人々が額に汗して働いている。

主な労働者は解放された元亜人奴隷だが、その他にも家の農地を継ぐことが出来ない農村の次男以降とか、力を持て余した解放軍の兵士とか。

閑話休題。

そうやって過ごしながら数日を過ごし、いよいよ今日は国内の平定を進めるための遠征隊が出発する日である。

人員としては俺とエレン、それにエレンのお付き兼俺のお世話役としてアマーリエさんとベルタさん。それに俺の護衛役としてザミル女史。同行する兵の指揮官としてダナン。ハーピィ隊からピルナとその配下、それに銃士隊からエアボードが二台。その他にはダナン率いる精鋭兵部隊と、アドル教懐古派のブラザーやシスター達が数十名。それと解放軍の文官も同様に数十名。

総勢は凡そ五百人といったところだろうか。俺がいると兵站要員が要らないのが大きいな。

全構成員が、大型輸送エアボードを改造した兵員輸送エアボードなどを使ってエアボードに分乗して移動する。

「どうかご無事で」

「あ、あはは……大丈夫です、何の心配もいりませんよ」

出発の朝、セラフィータさんが俺の手を両手で包み込むように握り、瞳を潤ませながら俺を見送ってくれた。それはいい。それはいいのだが……視線が、皆の視線が痛い。

「……ふむ」

「おー……」

「……なるほどぉ」

シルフィは細い顎に手をやって考え込み、アイラはびっくりしたように大きな眼を見開き、メルティはそれはもう楽しそうにニコニコとしていた。

「あらー」

「えっ……えっ？」

「……」

ドリアーダさんはなんだか妙にニコニコとしており、イフリータは事態を飲み込めずにひたすらに動揺し、アクアウィルさんは呆然とその光景を眺めていた。ドリアーダさんはともかく、イフリータとアクアウィルさんにとっては全くの予想外な展開であったらしい。まさに狐につままれたような表情をしている。

グランデ？　あいつは今回は城でグータラしているつもりらしいよ。危険も少なそうだし、そもそも人族同士の争いや諍《いさか》いにはノータッチって立場を貫くつもりらしいからね。

そしてハーピィさんたちは黄色い声を上げていた。彼女達からすると、俺の伴侶が増えるというのは仲間が増える、そしてそんなに沢山の女性を魅了する旦那様かっこいい！　みたいな感じになるらしい。ハーレム形成過激派みたいな子達である。

そして、最後になるが。

「……ふむ」

「……わぁ」

「……なるほど」

あまり穏やかな感じでないのが、今回同行することになるアドル教の三人である。それぞれ無表情、笑顔、笑顔という感じでその真意を汲み取ることは難しいが、あまり雰囲気はよろしくない。恐らく、この数日で急速にセラフィータさんと関係を深めたと勘違いしているのだろう。そのような事実はない、ないのだ……！　俺は基本的に畑を耕してたからね！

「母上、私達もコースケを送り出したいのだが」

「そうね。コースケ様、くれぐれもお気をつけて」

最後にセラフィータさんが俺にハグをし、頬に柔らかいものを触れさせてから離れていった。あれ、頬にキスされた？　大胆ですね？

「何を呆けている」

「痛い」

セラフィータさんにキスされた頬をシルフィが笑顔で抓《つね》る。そして俺の顔を正面に向かせると、真正面から唇を合わせてきた。それはもう、濃厚に。ハーピィさん達から黄色い歓声が上がる。

「……これくらいで許してやろう」

「ふぁい」

俺を解放してシルフィが離れていく。離れてくれたのは良いけど、腰が砕けそうです……などと思っていると、ぼすっと小さな影が俺の腰に抱きついてきた。確認するまでもなくアイラだろう。今の俺には中々に強烈なタックルに思えてしまう。

「私も」

「はい？」

「私も」

大きな瞳でアイラがジッと俺を見上げてくる。助けを求めてメルティに視線を向けるが。

「次は私ですからね」

天使のような悪魔の笑顔を浮かべてそう言う。助けを求める相手が間違っていたな。ははは。

◆
◆
◆

「貴方はもう少し慎みというものを持つべきです」

「はい」

「適当に返事をしてはいけません。わかっているのですか？　貴方はこれから私と並び立つ新たなアドル教の旗頭として信徒達を導かなければならないのですよ。それがあんな……あんなっ」

エレンが後ろの座席からぺしぺしぺしぺしと平手で俺の頭を叩いてお説教をする。同じエアボードに同乗しているアマーリエさんとベルタさんはその様子を眺めているようだ。

あの後は居残り組のハーピィさん達やライム達まで現れて、それはもう大変なことになってしまった。どう大変なことになってしまったのかは言いたくない。とりあえずイフリータが顔を真っ赤にして逃げ出し、アクアウィルさんもまた真っ赤になって目を回すような事態に陥ったとだけ言っておく。

とりあえず、慎みを持てと言われても俺にはライム達に抗する力がないのだからどうしようもないとだけは言っておきたい。あらゆる意味で物理的に強靭過ぎる彼女達に、真正面から抗いうるのはシルフィとメルティとグランデくらいだと思う。

「まぁまぁ、エレオノーラ様。確かに少し驚きましたが、あれもまたメリナード王国の文化とすればそれをあまり責めるのもどうかと」

「そうですね。私達がその流儀に従うかどうかは検討するとして、コースケ様に抗う術はなかったように思いますし……」

アマーリエさんとベルタさんは俺を庇ってくれるようだ。もう少し早く庇ってほしかったが、それを言っても仕方がないだろう。正直に言うとエレンに説教をされても、今後何に気をつければ良いのかさっぱりわからないんだよな。ライム達が出てきた時点で詰むし。

「むぅ……でももう少しこう、慎みを持って毅然とした態度をですね」

「コースケ様は根が優しいので、好意を持って迫ってくる相手に毅然とした態度を取るのは難しいかと」

「立場的に敵であったエレオノーラ様を命懸けで庇ってしまうくらいですから」

「むっ……むー！」

アマーリエさんとベルタさんの二人に説得されて、エレンは頬を膨らませたまま唸るだけの可愛い生き物になってしまったようだ。さっきから俺を叩いていたが、なんというかこう、不満を示すためにペシペシとしていただけで全く痛くもなんともない力加減だったんだよな。

「ただ、コースケ様ももう少し私達にも構っていただけると嬉しいです。エレオノーラ様も大層寂しがって居られましたので」

つまるところ、そういうことなのだろう。別に避けていたわけではないのだがデッカード大司教が来てからというもの、エレンはとても忙しそうにしていたからあまり邪魔をしてはいけないなと思っていたのだ。俺もやることがあって割と夜が遅かったし、一方でエレンは規則正しい生活をしていて寝るのが早かったので語らうような時間もあまり取れなかった。

先日は少しだけ一緒の時間を過ごせたが、結局本が百冊出来上がる前にカテリーナ高司祭が現れてエレンを連行していってしまったしな。そういうことが積み重なっているところでいつの間にか俺とセラフィータさんが妙に仲良くなっているのを目の当たりにし、更になんやかんやと目にしてしまったことで、不満というか鬱憤が爆発してしまったのだろう。

「最大限配慮させていただきたいと思います」

「はい。とはいえ、この旅の間はコースケ様のお世話は基本的に私達に一任されていますので、この旅で存分に絆を深められると思っていますけれど」

「そうですね。ハーピィの皆様も、今回は私達に譲ってくださるということで話が通っていますから」

アマーリエさんとベルタさんが揃って朗らかな笑みを浮かべる。

なるほど、今回はそういう趣旨なんですね？

というか、エレンだけでなく世話役にこの二人と、その他にも聖職者を同行させるって言いだしたのはデッカード大司教だったよな。もしや最初からそういうつもりだったのだろうか？

いや、あんな好々爺めいた爺ちゃんがそんなことを……してもおかしくないよな。権謀渦巻くアドル教内で主流派に対抗しながら大司教の地位を得て、守り続けていた爺様だものな。

「……お手柔らかにお願いします」

ここまできたらもう開き直るしかあるまい。結局は俺の心の持ちよう一つなのだろうから。

こんな時に据え膳ヒャッホー！　と喜び勇むような性格だったら俺も苦労しないだろうになぁ。

◆　◆　◆

お説教が終わったら早速出発である。

俺達の乗るエアボードは隊列の中央に配置されているので、基本的には前のエアボードについていくという形になる。流石にこの人数、この台数ともなると最大速度で進行していくのは無理があるので、ほどほどの速度で、という形だ。それでも馬車よりはスピードが出ているけど。

で、俺とエレン達が乗るエアボードの運転手は俺である。搭乗者は俺の他にエレンとアマーリエさん、それにベルタさんの四人だけだ。ザミル女史はすぐ前の車両に乗っている。

つまり、今この車内は俺とエレン達だけという密室空間なのだ。

「これは不思議な乗り心地ですね。馬車よりも早いのに揺れません」

「馬車は長時間乗っているとお尻と腰が痛くなってしまいますものね」

ベルタさんとアマーリエさんは、エアボードの地を滑るような乗り心地に大変感銘を受けているようであった。バックミラーに映る彼女達の顔は敬虔なシスターや慎み深い淑女ではなく、未知に目を輝かせる少女の如き表情であった。

「おぉー……」

それは窓に張り付いて流れ行く景色を眺めているエレンも同様である。いつもの無表情が若干崩れ、目を輝かせながら外の景色を見ている様はまるで童女の如き無邪気さだ。

そんな彼女達の様子をバックミラーで確認するのを一通り終えた俺は前に視線を向ける。前の車両にはザミル女史も乗っている銃士隊のテクニカルエアボードである。後部の砲手が屯する荷台にザミル女史が鎮座し、こちらに視線を向けているのが見える。車内で万が一にも何かが起こったらあのまま飛び乗ってきそうな感じだな。

さて、こんな状況だが改めて今回の旅について考えるとしよう。

今回の旅、というか遠征の目的はメリナード王国領の平定である。まだ国内には聖王国の息がかかった軍勢や都市がそれなりに残っており、それらの都市や軍勢をあの手この手で恭順させ、或いは駆逐していくのが目的というわけだ。

メリネスブルグ近郊の村々や都市に関しては早々に恭順の意を示す使者が送られてきていたので、軍事的な意味での掌握はほぼ終わっている。今回はそれらの都市も回ってエレンによる査察というか審問を行いつつ、俺の力を振るって都市や村が抱える問題をサクっと解決し、何か武力が必要な問題が生じた場合はダナン率いる精鋭兵と銃士隊、そしてハーピィさん達による爆撃で粉砕するというのが一連の流れだ。

同行している聖職者の皆さんや文官の皆さんは必要があれば都市や街の政治的、宗教的トップの首を文字通り挿げ替えるための人員である。まぁ、余程のことがなければ物理的にということにはならないと思うが。余程のことがあれば物理的に挿げ替えることにもなるだろうというメルティからのありがたいお言葉も頂いている。

物理的に、という話にまでなると誤審が怖いところであるがこちらにはエレンの真実を見抜く目があるので、誤審もまずありえない。今までにやりたい放題やってきた奴は、我々の到来を震えながら待っていることだろう。

当然、逃亡したら指名手配である。ハーピィさんや肉食動物系亜人の皆さんから逃げるのは大変難しいことだろう。今は足として馬車よりも遥かに早いエアボードもあることだしな。

そうしてしばらくエアボードを走らせていると、流石に流れ行く景色を見るのにも飽きてきたのか、エレンがバックミラー越しにこちらにじっと視線を向けてきていることに気がついた。

「どうした？」

「暇です」

「今の俺にそれを言われても……一体どうしろというんだ」

今の俺は絶賛運転中である。そこそこの速度で動いているので、当然余所見《よそみ》などは厳禁だ。前方不注意で追突事故なんぞを起こした日には目も当てられない。

「なにか話をしてください」

「唐突な無茶振り!?　アマーリエさん助けて！」

「私もコースケ様のお話が聞きたいです」

「私も聞きたいですね」

「味方がいねぇ」

どうやら俺は、今陽気で話好きなタクシーの運転手さんの如き話術スキルを求められているようである。聖職者三人による突然の無茶振りに戦慄を禁じえない。

「話と言っても、どんな話をしろと仰るのでしょうか」

「なんでも良いですが……そうですね、この世界に来て感動したものの話とかどうでしょうか」

「この世界に来て感動した話かー」

それはまぁ、色々とあるな。

「最初に感動したと言うか、びっくりしたのは亜人の存在だな」

「亜人の存在ですか？」

アマーリエさんが首を傾げる。亜人がいるのが当たり前の世界の住人にとってはピンとこない話だろう。

「俺の世界には亜人なんて存在はいなかったからな。肌の色や体格、言葉や文化は違えど、俺の世界には人間しか存在しなかったんだ。だから、初めてシルフィを見た時にはびっくりしたし、シルフィに案内されて黒き森のエルフの里に行った時にもそりゃたまげたね。獣人やリザードマン、ラミアに有翼人に単眼族、鬼人族、他にも沢山のエルフもいたからな」

「なるほど……人間しかいない世界、ですか。それはまるで、今の聖王国が目指す世界そのものですね」

ベルタさんが俺がこちらの世界でびっくりした事柄よりも、俺がびっくりした理由に着目する。

「向こうの世界でも争いは絶えませんでしたけどね。まぁ、アドル教もなければ奇跡も魔法もない世界なんで、こっちと同列に語るのもナンセンスだと思いますけど」

「なるほど……神の奇跡も魔術の技もない世界ですか。しかし、コースケ様」

「はい？」

バックミラー越しにではなく、ずいっと身を乗り出してきたベルタさんが耳元に口を寄せてくる。おおう、近い近い。

「エレオノーラ様には砕けた口調を使うのに、私達にそうやってかしこまった口調を使うのはいかがなものでしょうか？」

チラリと横に視線を向けてみるとベルタさんの顔がごく間近にあった。彼女は彫りの深い顔立ちの異国情緒漂う美人さんで、間近で見るとなんというか迫力がある。そんな彼女の黒に近い濃い茶色の瞳が実に不満げな光を宿していた。

「善処します。もう少し慣れるまで待ってください」

「……仕方ありませんね」

俺の言葉に納得してくれたのか、彼女が後部座席に戻っていく。いきなりの接近にびっくりした。意外とベルタさんは積極的と言うか、活動的な性格なのかもしれない。

「コースケ様、私のこともよろしくお願い致しますね。私もコースケ様に砕けた口調でのびのびと話していただきたいですから」

「善処します、はい」

ベルタさんもアマーリエさんもなんだか包容力のあるお姉さんというか、聖職者オーラが眩しくて砕けた態度で接するのがなんだか恐れ多い感じがするんだよな。本人達からの申し出であることだし、なんとか努力はしよう。

「それで、他には何かないんですか？」

「そりゃ色々あるよ。それこそキリがないくらいにな。初めて魔法を目にした時にもびっくりしたしな」

「どんな魔法を見たんです？」

「生命の精霊を使った回復魔法だな。ちなみに回復の対象は俺だったぞ。シルフィに寝込みを襲われてボコられた挙げ句尋問されたんだが、あまりにボコられて言葉を発するのもままならないレベルだったからな。鼻とか折れてたかもしれん」

「……酷い」

「いやホントそうだよな。あれは酷かった」

今思い出してもあの仕打ちは酷かったと思う。シルフィの立場上、ああなったのは必然だったんだろうけど、あれはとても痛かったな。まぁ、相手がシルフィでなければ尋問する前にぶっ殺されていたかもしれないので、今更恨みに思うこともないけど。

「他にはそうだなぁ……ギズマを初めて見た時にもたまげたなぁ。ギズマって見たことあるか?」

「いえ。確かオミット大荒野に生息する昆虫型の魔物ですよね?」

「そうそう。肉食の獰猛なやつでさ、大きさが馬車くらいあるんだよ。強靭な後ろ足を使った突進攻撃と、触覚を使った刺突攻撃をしてくるんだ。俺のいた世界には魔物なんてものもいなかったから、あのデカさにはびっくりしたね。まぁ、生き物や動植物に関しては俺のいた世界と同じようで全然違うものだらけだから、初めて見るたびに感心することになるんだけどさ」

「同じようで違うものもあるのですか?」

エレンの声が後部座席から聞こえてくる。前を見ているのでわからないが、きっと彼女は小首を傾げているのではないだろうか。

「あるぞ。野菜なんかは見たこともないものも多いけど、形は俺の世界にもあったのと似ているのに色が全然違うのとか、逆に見た目はそっくりなのに味が全然違うとかかな。例えばトゥメルはこの世界だと黄色か緑っぽいのが普通だろう？　でも、俺の世界の似たような果実野菜は基本的に真っ赤だったんだよ。黄色いのとかもあったけどな」

「真っ赤なトゥメルですか……なんだかお肉みたいな色ですね？」

「料理の彩りが鮮やかになりそうですけど……あの、辛かったりは？」

「しないしない。味は殆ど同じだよ。他にも真っ黒いディーコンは俺の世界だと逆に真っ白でな――」

そんな異世界野菜の話をしながら、聖女様御一行は国内平定に向けて突き進むのであった。

◆　◆　◆

エアボードで数時間も走れば解放軍の勢力圏からは完全に外れ、未だ解放軍――新生メリナード王国に恭順していない都市や街の勢力圏に入ることになる。

とは言え、それが即時危険に繋がるかというとそういうわけではない。恭順していない＝敵対しているというわけではないからだ。要は新生メリナード王国に付くか、聖王国に付くか決めかねているという都市や街も少なくはないというわけだな。

そのような街や都市に関して言えば、我々新生メリナード王国側に引き入れるのは難しくないだろうと俺達は考えている。何故なら聖王国は遠く、俺達は近いからだ。それはつまり戦力を派遣するための時間が短くて済むということであり、俺達を敵に回した際には速やかに脅威となるという意味である。

また、俺達解放軍が寡兵で万を超える聖王国の大軍を撃滅したという噂が商人のネットワークを通じてメリナード王国内外へと速やかに拡散されている。国外への拡散はまだまだだと思うが、メリナード王国内に関して言えば既に知れ渡っていると考えて良いだろう。

そして、そんな状況で俺達解放軍がよりによってアドル教の聖職者まで従えて戦力を派遣してくるのである。俺達に同行している戦力は決して多くはないが、寡兵で万単位の聖王国正規軍を粉砕するのが解放軍である。数が少なくとも、いち都市、いち街の戦力でどうにかなるとは思えない――と考えるのが普通であろう。

「それが普通のはずなんだけどなぁ」

「徹底抗戦の構えのようですね」

矢や魔法などが届かない距離に建てた堅固な石材製の監視塔から都市の様子を眺めつつ、俺とエレンはお茶をしていた。アマーリエさんとベルタさんも俺達と同じ席に着いて心配そうな顔で都市の方を眺めている。

メリネスブルグを発って三日。昨日までは速やかに恭順の意を示してきた都市や街ばかりであったのだが、遂に新生メリナード王国に恭順はしない、戦も辞さない！　という都市が俺達の目の前に現れたわけである。

既に俺達が国内の平定に動いているということを知っていたようで、今は固く門を閉ざし、跳ね橋を上げて徹底抗戦の構えだ。

　本当は数で劣る俺達を迎え入れるフリをして奇襲しようとしていたようだが、そのような動きは先行偵察していたハーピィの斥候によってバレバレである。到着前にハーピィさんの手……足？　によって上空からそのことを問い質す書簡を投げつけたところ、奴らは慌てて門を閉ざして水濠にかかっていた跳ね橋を上げて籠城の構えを取ったというわけだ。

「この状況下での籠城に一体何の意味があるんだろうか」

「私にはわかりかねますね。私は戦の知識に精通しているわけではないですが、籠城というのは確か援軍が来るという見込みがある場合にするものではありませんでしたか？」

「それだけではないけど、それが一番妥当かなぁ……強力な迎撃兵器を所有している場合は城壁を使っての防御戦で敵兵力を壊滅させたりとか、あるいは強固に守り抜いて攻め手に諦めさせる、あるいは攻め手の補給が尽きるのを待つなんて戦い方もあるだろうけど」

「なるほど……詳しいですね？」

「そりゃ解放軍における防衛戦のエキスパートですから、多少はね？」

　それ以前に、様々なサバイバル系のゲームで色々なタイプの拠点を構築する際に要塞についてネットで知らべたりして、その際にそういった攻城戦というか籠城戦というか、その辺りの知識とか近代や現代の戦術に関して多少齧《かじ》った感じなんだけどもね。

　まぁ、本職の軍人に比べればにわか知識であることは否めないが、それでも多少の心得はある。

「しかし、これはどうするのでしょう？　戦になるのですか？」

「まぁ、そうなるんじゃないですかね。できればこれ以上の人死には出したくないものですけど」

「そうですか……説得に応じてくれれば良いのですが」

アマーリエさんが再び心配そうな表情を都市――グライゼブルグへと向ける。

今回、徹底抗戦の構えを見せているグライゼブルグは、メリナード王国北部の中心的な都市である。水濠と立派な城壁を持つ強固な城塞都市で、二十年前の聖王国との戦争においてもメリネスブルグが陥落するまで聖王国軍の攻撃を耐え抜いた都市であるらしい。

その都市が、今度は聖王国軍を駆逐せんとする俺達の前に立ちはだかっているというのは、なんという皮肉だろうか。

「あの水濠と強固な城壁は一見厄介に見えるけど、俺にとっては障害でもなんでもないんだよなぁ」

石材で分厚い屋根付きの通路を延ばして水濠を越え、城壁に接続してミスリルつるはしで城壁に穴を空ければ兵力なんていくらでも送り込み放題である。何なら相手に気付かれないように水濠の下にトンネルを通して都市の中に直接出る、なんてこともできるしな。

「しかしできるだけ死人を出さないようにとなると……うーん」

俺達はこの監視塔で優雅にお茶をしているが、階下ではダナンやザミル女史を含めた解放軍の面々がどのようにこの都市を制圧するかという軍議を開いているところである。そんな状況で優雅にお茶をしていて良いのか？　という話なのだが、とりあえずは俺の力に頼らず現状の解放軍の戦力だけでどうにかしようということになっているらしい。

まぁ、現場の戦力とは言ってもその中には軽機関銃装備の銃士隊二個分隊に航空爆弾を備えたハーピィ爆撃部隊もいるし、そもそもダナンが引き連れている精鋭兵も全員が強力なゴーツフットクロスボウを装備しているので、射撃戦の後にハーピィ爆撃部隊を投入すれば敵戦力を撃滅するのは容易いと思うけど。

「コースケならどうしますか？」

「俺なら？　そうだなぁ……俺ならこっそりと街の中に潜入して、武器や食料を根こそぎ奪うかな？」

俺のインベントリなら街一個分の食料や武器を収納することも容易い。夜陰に乗じて俺と少数で潜入すれば作戦を完遂できるだろうな。

「籠城するための武器や食料を全て失ってしまえば、確かに抵抗を続けることはできなくなるでしょうね」

グライゼブルグは俺達の侵攻を阻むために全ての門を閉ざし、跳ね橋を上げている。備蓄食料がなくなってしまえば早々に干上がることになるだろう。そうなれば降伏する以外に道はないというわけだ。

「しかし、そのためにコースケ様が身を危険に晒すというのは論外ですよ」

「そうですね、論外です。貴方は既に多くの人々の運命をその背に負っているのですから、軽々に動くというのは褒められた行動ではありません」

「そっかー」

ベルタさんとエレンに深々と釘を差されてしまった。その上アマーリエさんにもとても心配そうな目を向けられてしまった。これは俺が出るというわけにはいかない感じになりそうだなぁ。

別に俺一人なら敵に見つかってもいくらでも逃げようがあるんだけどね。特に市街戦で俺を捕捉するのは不可能に近いと思う。なんでもありならシルフィやメルティからだって逃げおおせる自信があるからな。ライム達はちょっと無理だと思うけど。

「……よろしいですか？」

そうして話し合っていると、陛下からザミル女史がトカゲの如き顔を覗かせてきた。陛下から顔の上半分だけを出して意外とつぶらな目を覗かせている様はこう言っては失礼かもしれないが、なんだか可愛らしい感じがする。

「よろしいですよ。方針は決まりましたか？」

「はい。コースケ様と聖女様にもご意見を伺いたいと思います」

そう言ってザミル女史の頭がひゅんっ、と陛下に消えていく。俺とエレンも席から立って陛下の会議室へと向かった。アマーリエさんとベルタさんはお茶の後片付けをするらしいので、俺達二人だけで向かう。

「来たか」

会議室に入ると、鎧に身を包んだダナンとザミル女史、それに銃士隊を率いてきたジャギラにハーピィを率いてきたピルナといった解放軍の面々が揃っていた。

「ああ、どうなった？」

「別に制圧するだけならなんてことはない、という結論に至った。今まで通りの都市攻めのやり方で何ら問題ないだろう」

「そうだな」

ダナンの言葉に俺は頷いた。射撃戦で痛めつけて敵を城壁に釘付けにして、そこを航空爆撃で吹き飛ばす、ついでに門も破壊する。それで終わりだ。ただ、このやり方には欠点がある。

「しかし、これだと死傷者が出すぎる」

「まぁ、そうだな」

このやり方だと戦闘に参加している人々は大体死ぬか、重症を負うことになる。特に航空爆撃は威力が高いからな。直撃すれば人の形はほぼ残らない。散々敵を吹き飛ばしてきて何を今更という話ではあるが、国内を平定しようというこの時期だからこそ、あまり血を流したくないというわけだな。

「まぁそういうわけでな、コースケに頼ることにした」

「なるほど……うん？」

「死傷者をあまり出さないように、敵の希望を打ち砕くような一手を頼む。だがお前が直接のりこむとかそういうのはナシだ。何かこう、あるだろう？　遠距離からあの跳ね橋と門を吹き飛ばすような武器の一つや二つ」

「おいおい、俺は青い耳なし猫型ロボットじゃないんだぞ……まぁないとは言わんけども」

こんなこともあろうかと、というやつである。

この世界の主な戦場が弓矢や軍馬を使ったものであるということは最初から知れていたので、当然ながらこういった攻城戦に適した武器というものの一つや二つは俺だって用意してある。今まではこちらが守る側であったのと、輸送の関係で俺が同行していないと運用が難しかったというのがあって使用していなかったけどな。

何せ本体も弾もクソ重い。機動戦に主眼を置いている解放軍では、あまり使い途がなかったのである。今までは聖王国軍の兵士殺すべし、って感じだったから射撃戦と爆撃で事足りてたしな。

「ほら、だから絶対あるって言ったじゃないですか」

「コースケさんなら絶対用意してあると思ってました」

ジャギラとピルナが非難めいたニュアンスを込めた言葉をダナンに向ける。どうやら彼女達は、現状の装備では虐殺めいた死傷者を相手方に強いて屈服させるという方法しかないと、早々に見切りをつけていたらしい。

「……コースケに頼りすぎるのも健全とは言えんだろうが」

それに対してダナンは苦い顔をしている。

「ダナンの言うことも尤《もっと》もなんだろうけども、別に良いんじゃないか。俺の力を見せつけるってのも今回の旅の目的なんだし」

それに、研究開発部が前装式の魔銃を開発しつつあるわけだし、そうなるとそう時間を置かずにこれと同様のものは開発されるだろうからな。別に出し惜しみする理由もない。

「それじゃあとっととやるか。城門と城壁をぶっ壊せば良いんだよな?」

「ああ」

「それじゃあ兵を何人か貸してくれ。この際だ、いずれ同じような武器が開発されるだろうから、先行して訓練を積ませるとしよう」

「……良いのか？」

ダナンが聞いてくるが、俺はそれに頷く。俺が解放軍に提供している武器が実はそのほんの一部でしかないということはダナンも知っていることだろう。前にキュービに嵌められて連れ去られた時に一回中身を全部外に出して、そのまま置き去りにしたからな。

「俺の世界で高い城壁による防御を一気に陳腐化させた兵器をお目にかけよう」

そう言って俺は監視塔を降りる。どんな兵器かって？　そりゃアレだよ。鉄と火薬で簡単に作れて、弾にも炸薬とかを使ってない割と原始的なアレだよ。矢の届かない位置にズラッと並べて斉射しましょうねぇ。

◆
◆
◆

「えー、グライゼブルグに立て籠もっている聖王国軍残党諸君に告ぐ。これは最後通牒である。直ちに武装を解除し、投降せよ。さもなくば城壁を破壊し、諸君らを制圧する。命の保証は一切できない。直ちに投降すれば命を保証し、聖王国まで無事送り届けることを約束する。また、聖王国軍の指揮下に置かれている衛兵の諸君に関しても一切の罪を問わないことも約束する。繰り返す、これは最後通牒である。直ちに投降せよ」

俺のエアボードに据え付けられている魔道拡声器を使って、グライゼブルグに立て籠もる聖王国軍の残党に最後通牒を突きつける。まぁ、俺がこうして話す前にダナンやエレンが何度も説得しているのだが、彼らは決して投降しなかった。俺がこうして最後通牒を突きつけても結果は同じであろう。

「しかし、なんでこんなに頑なのかね？」

相手の反応を待つ間に、傍らに佇んでいるエレンに聞いてみる。

「このグライゼブルグに赴任している司教はエールヴィッヒという名の男で、主流派の中でも特に亜人に対して厳しく、苛烈だと言われている人物です。恐らくは亜人達の集団に迎合することはできないとか、そういう考えではないでしょうか」

そう言ってエレンは溜息を吐いた。現在の主流派の教えが捻じ曲げられた歪なものだと知っている彼女からしてみれば、そのエールヴィッヒという司教は哀れに思えて仕方ないのであろう。

間違った教えしか知らなかったが故に、彼は今の状況に追い込まれているのだから。亜人に対して苛烈に振る舞う彼も、最初から旧く正しい教えに接してさえいればそうはならなかったに違いないのだ、と思っているのではないだろうか。

「なるほどな……まぁ、事ここに至ってはどうしようもないな」

「……そうですね」

そう言ってエレンはジッと城壁を見つめる。ここで起こるすべてのことをその赤い瞳を通して記憶に焼き付けるつもりなのだろう。

「さて、残念ながら何の反応もないようだし準備を始めるか」

今回用意したのは架台《かだい》付きの前装砲である。所謂近代的な『大砲』と思ってくれれば良い。砲口から火薬と砲弾を詰めて、火縄でドカンと鉄の砲弾を発射するやつである。

車輪の付いた架台の中心に鋳鉄製の黒々とした大砲が鎮座し、その左右に砲弾と火薬袋の入った金属製の箱が据え付けられているものだ。それを今回は十門用意した。

一門の運用に必要な人員は四人なので、これはダナンの率いる精鋭兵部隊から四十人を抽出させてもらった。

まずはその四十人の中から四人を選出し、俺が使い方をレクチャーする。無論、その様子を他の人員にも見学させる。

「こいつは大砲って兵器だ。鉄製の砲弾をものすごい速度で発射するもので、矢の届かない遠距離からぶっ放せる破城槌みたいなもんだと思ってくれればいい。精密射撃は無理だが、動かなくてデカい城壁や城門を狙うなら非常に有効だ」

そう言って俺は黒光りする大砲をペシッと叩く。

「こいつを使えば敵に反撃されることなく城壁を突き崩し、城門を穴だらけにすることができるってわけだな。城壁や城門に穴が空いたら攻め落とすのは容易になるってわけだ」

興味津々といった感じの、解放軍の精鋭兵達の視線を一身に受けながら俺は大砲の使い方を教える。

「まずは砲腔内の清掃だ。これを怠ると弾が正常に発射されずに詰まって、この鉄製の砲身が爆発する恐れがある。そうなったらどうなるかは説明するまでもないな？　絶対にこの作業を怠ってはならない。死にたくなければな」

精鋭兵達が真剣な様子で頷く。

「おっと、忘れるところだった。掃除をする前に絶対にしなきゃならんことがある。まず一人が大砲の後部にある火門を親指で押さえるんだ。これは安全のためだな。塵やなんかが砲腔内に入らないようにするためでもあるし、万が一にも装填誤射しないようにするための措置だ。まだ弾薬を装填してない時でも、発射時以外は絶対に一人がこの火門を指で押さえておくこと。何発も発射すると熱くなるから、グローブを装備しろよ」

そう言って俺は四人のうち一人に親指で火門を押さえさせる。

「で、最初にするのは掃除だ。このらせん棒で砲腔内の燃えカスやゴミを削ぎ落とす。その後にこのスポンジで燃えカスなんかのゴミをしっかりと拭う。後で詰める火薬は湿気に弱いから、あまりびしゃびしゃにはしないようにな。水は軽くつければいい」

そう言って俺は螺旋状の鉤爪が付いた棒を砲口から突っ込み、ガリガリと砲腔内の汚れを削ぎ落とす。次に予め用意してあった桶の水に、スポンジ棒のスポンジをつけてから砲腔内を掃除する。やってみせた後に精鋭兵二人にも同じことをさせた。

「清掃が終わったら装填だ。まずはこっちの箱にある火薬袋を砲口から詰めて、この清掃具の石突の部分で奥に押し込める。この部分は込め矢という」

俺は火薬袋を砲口から入れ、精鋭兵からスポンジを受け取って石突部分に付いている込め矢で大砲の奥へと押し込んだ。

「次はこっちの箱から砲弾を取り出して、同じように砲口から詰める。同様に込め矢で突いて奥までしっかりと押し込めるように。さて、これで装填完了だ。次は発射準備だな。清掃係は砲門の横に避けるように。発射時には物凄い音が鳴るから、耳を塞ぐことを忘れるなよ」

そう言ってスポンジを精鋭兵に返して、今度は親指で火門を押さえている精鋭兵のもとに向かう。

「発射準備として、まずはこの錐を火門に突っ込んで火薬袋に穴を空ける。次に火門にサラサラっと点火薬を流し込む。これで発射準備完了だ」

一回分の点火薬を詰めてある紙薬莢の端を噛み千切り、火門に点火薬を流し込んだ。

「後はこの導火棹《みちびざお》につけてある火縄を火門に押し込めば、どかーんという轟音とともに鉄製の砲弾がぶっ飛んでいくって寸法だ。どれ、挨拶代わりに一発撃ち込んでやるか。耳を塞げ！」

既に大砲の照準はグライゼブルグの城壁に合わせてある。俺は導火棹の先についている火縄を火門に押し込んだ。


ガオォォン！


雷鳴のような、或いは巨獣の咆哮のような轟音が鳴り響き、真っ白な煙が辺りを覆う。それと同時に、グライゼブルグの方向から悲鳴か、或いは怒号のような声も聞こえてきた。

硝煙を手で払いながら狙いをつけていたあたりを見てみると、城壁の一部が損傷しているのが目に入った。うん、この感じなら十門で何回か斉射すれば城壁をぶっ壊せそうだな。

「威力は見ての通りだ。あとは照準を微調整して、清掃して、装填して、発射する。その繰り返しだな。手順は覚えたか？　火門を押さえる、鉤爪清掃、スポンジ清掃、火薬を詰め、砲弾を詰め、錐で穴あけ、点火薬用意、号令で発射、そして最初に戻る、だ。今回は俺が号令役をやるから、号令の通りに行動してくれればいい」

　質問などは特にないようなので、総員を配置につかせる。

「じゃあ行くぞ。目標、グライゼブルグ城壁。照準合わせ！」

　俺の号令で精鋭兵達が架台付きの大砲を動かし、グライゼブルグの城壁に照準を合わせる。

「火門押さえ！　鉤爪清掃！」

　らせん棒を手にした精鋭兵達が砲口かららせん棒を突っ込み、ガリガリと砲腔内の掃除をする。ほとんどが新品だから汚れはない筈だけどな。

「スポンジ清掃！」

　次はスポンジ棒を持った精鋭兵達が桶の水をスポンジにつけ、砲腔内を綺麗にする。

「装填開始！　火薬袋詰め！」

　精鋭兵達が箱から火薬袋を取り出し、込め矢で砲口から奥に押し込む。

「砲弾詰め！」

　次に同様に鉄製の砲弾を砲口から詰め、込め矢で押し込む。これで装填完了だ。

「発射準備！　錐で穴を開けて点火薬を入れろ！」

　親指で火門を押さえていた精鋭兵が用意してあった錐を火門に突っ込んで火薬袋に穴を空け、さらに点火薬を火門に流し込む。よし。

「耳塞げ！　発射用意……発射！」

　ズドドドドォン、と重なって砲声が鳴り響き、辺りが硝煙で真っ白になる。ケホケホと誰かが咳き込む音も聞こえる。これは砲兵にマスクでも用意すべきだろうか？

そして一拍遅れてグライゼブルグの方向から『うわぁぁぁぁっ!?』と悲鳴が聞こえてくる。硝煙が晴れると、そこには十発の砲弾を受けてあちこちが砕けた城壁があった。まだまだ崩れる気配はないが、確実にダメージが入っているな。

「よーし、いい感じにダメージが入っているな。照準合わせ！　火門押さえ！　清掃開始！　鉤爪からだ！」

戦果を確認した精鋭兵達が、歓声のような鬨《とき》の声を上げながら再装填を開始する。さぁて、グライゼブルグの城壁は何斉射保つかな？

◆　◆　◆

俺は城壁の上で胸中舌打ちをしながら、最後通牒とやらを突きつけてくる黒髪の男の姿を見つめていた。

投降できるものなら投降している。

しかし、妻子や親類縁者を人質に取られてしまってはどうしようもない。生粋のグライゼブルグ生まればかりで構成されている俺達衛兵隊の中に、心から聖王国や主神アドルなんぞに忠誠を抱いている奴なんて一人もいない。

俺が幼い時分に我が物顔でこのグライゼブルグに押し入ってきたあいつらは、亜人だというだけで俺の幼馴染《おさななじみ》や、よく遊んでくれた近所の兄さんや姉さん、おじさんやおばさん達を酷い目にあわせやがった。俺達のことだって亜人と交わっていた罪深き蛮人と言って一段下に見てきやがる。奴らなんざクソ喰らえだ。

しかし、あの男は一体何者だ？　見た目はそんなに強そうには見えないが、解放軍の兵士は大人しくあの男の話を聞いているようだ。そうは見えないが、地位の高い男なんだろうか？　亜人だらけの解放軍で、人間の男の地位が高いってのも妙な話に思えるが……それにしてもありゃ何してんだ？

黒い金属っぽい筒で何かをしているようだが。

と、首を傾げていると、男が弄っていた黒い金属の筒が白い煙を噴き、轟音が鳴り響いた。そして一拍遅れて城壁が揺れる。一体何だ⁉

「な、何が起こった⁉　状況を報告しろ！」

聖王国軍の騎士様が偉そうな態度で喚き立てる。程なくして城門を挟んで反対側に配備されていた衛兵隊所属の兵士が報告に来た。

「城壁に損傷だと⁉　魔法も使わずにあの距離からか⁉」

確かに魔法は使っていないように見えたが、あの黒光りする筒が魔道具か何かなんじゃないのか？たった一発でこの騒ぎとなると……おいおい、十個も並んでるぞ。あれが一斉に攻撃してきたら一体どうなっちまうんだ？

◆　◆　◆

「いやぁ、グライゼブルグの城壁は強敵でしたね」

五斉射したところで城壁の一部が崩壊を始め、更に四斉射したところであちこちで崩壊が始まり、後はしこたま城門周辺に撃ち込んで城門とその左右の円塔を完膚なきまでに破壊してやった。

当然ながら敵の反撃の間合いの外から一方的に攻撃しているので、こちらの被害はゼロである。向こうの被害についてはなんとも言えないが、途中で何度か城壁と城門から離れないと危ないぞ、と拡声器で警告を出していたので、少しはマシになってるんじゃなかろうか。

「凄まじいですね。これがコースケの力ですか」

口元と鼻を手で持った白いハンカチで覆いながらエレンが呟く。アマーリエさんとベルタさんは後方の監視塔で待機しているので、硝煙に視界を塞がれる俺達よりも大砲の威力を実感できているかもしれないな。

「コースケ、市内に突入したいんだが」

「了解。橋をかけるから護衛してくれ」

大砲をインベントリに片付け、精鋭兵とザミル女史に護衛されながら堀へと向かって石材ブロックで水濠に橋を架ける。

「では突入を開始する。決して無抵抗の市民には手を出すな。当然ながら略奪も禁止だ。わかっているな？」

『『おう！』』

「では突入だ。後方の人員の守りは砲兵を担当した者達に任せる。良いな？」

『『『了解』』』

砲兵を担当した四十名が後方待機する俺やエレン達、それに文官やアドル教の聖職者達の護衛をしてくれるらしい。耳を塞いでいても至近距離で砲声を聞いたせいか、若干耳や平衡感覚に違和感が認められたということでそういうことになった。乱戦ではそういったちょっとした差が命取りになりかねないからな。

揃いの鎧を装備した精鋭兵達が、グライゼブルグに突入していくのを見送る。

あれだけ完膚なきまでに城壁と城門を破壊して見せたわけだし、戦意を失っていてくれると良いんだけどな。俺の他にもアドル教の聖職者がこちらに沢山いる以上、死んでさえいなければ治療はできるはずだから、とっとと降伏してくれれば良いんだが。

◆　◆　◆

グライゼブルグの制圧は速やかに終わ――らなかった。

「領主館に立て篭もり、ねぇ」

「はい。しかも一部の聖王国軍兵士や衛兵の伴侶や子供などを人質に取って立て篭もっているそうです」

例のエールヴィッヒとかいう亜人絶対排斥するマンがやらかしたのである。俺達新生メリナード王国軍――つまり解放軍が速やかに撤退するか、エールヴィッヒ司教とその一味を逃がすか、そのどちらかを要求しているわけだ。

要救助者と一緒に領主館に立て篭もっているので、当然ながら城壁のように砲撃で破壊するわけにも行かない。ちなみに、このグライゼブルグの領主館は館というよりは砦のような構造である。

水濠は張り巡らされてはいないが、石造りの見るからに堅固な構造物であり、門もまた木製のものを鉄か黒鉄か何かでガッチリと補強したものだ。丸太程度では打ち破るのも難しそうである。

少し前までエールヴィッヒとやらが領主館の屋上からありがたい御高説を垂れていたらしいが、俺やエレンが領主館の前に辿り着いたのは、ダナン率いる精鋭兵が領主館を除いたグライゼブルグ各所を制圧してからであったので、その内容を聞くことはできなかった。

「亜人は汚れた堕落の使者だとか、生まれながらに罪を背負った者だとか、言いたい放題でした」

俺を挟んでエレンの反対側に立っているピルナがそう言って肩を竦めながら『やれやれ』という感じのポーズを取る。意外とハーピィさんの翼って柔軟性が高いというか、人間の腕とそう変わらない動きができたりするんだよな。骨格がどうなっているのか気になる。

「どうしたもんかなぁ……まぁ制圧するんだけども」

「できるのですか？」

「いかようにでも。壁に穴を空けるもよし、地下を掘り進むもよし。問題はモタモタしてたら逃げられそうってことかな。領主の館ともなれば秘密の脱出路の一つや二つはあるかもしれないし」

「街の外まで続く脱出路ですか？　絶対にないとは言いませんが、普通の地方都市の領主の館にあるようなものではありませんね」

俺の心配をザミル女史が否定してくれる。なるほど、そういうものか。まぁ、脱出路があるなら俺達の撤退か自分を逃がすかなんて要求はしてこないかな？　その要求が囮《おとり》って可能性もあるけど。

「手っ取り早く行こうか。突入するから、ダナンに突入部隊の編成をするように伝えてくれ。エレンとザミル女史は捕虜の衛兵隊の人間から領主館の構造について聞き出そう」

近くにいた解放軍の兵士にダナンへの伝言を頼み、俺はエレンとザミル女史を引き連れて、グライゼブルグへの突入戦で捕虜になったグライゼブルグの衛兵が集められている場所へと向かう。

どうも伝え聞く話では、衛兵隊は家族や恋人などをエールヴィッヒに人質に取られて無理やり従わされていた人が多いらしい。それでこの場を凌いだとしても、その後の関係性を考えれば悪手だと思うんだがなぁ……まぁ、エールヴィッヒは狂信的な主流派の司教だという話だし、どんな手を使ってでも亜人に背を向けて逃げたり屈服したりするのは御免だったということだろうか。

武具を取り上げられて軽く拘束されている衛兵達から領主館の構造を聞き集めて、突入口をどこに空けるかの検討をダナンと一緒に行う。俺達がエールヴィッヒを捕まえるために領主館に突入するという話を聞いてやめるように懇願してくる者もいたが、なんとか説得して情報を得ることが出来た。

ついでにエールヴィッヒ側の人員が捕虜になった衛兵や聖王国兵の中にいないかも聞いてみたが、残念ながら戦死していたようだった。居ればもう少し詳しい情報を取れたかも知れないんだけどな。

「人質が囚われてるのは地下牢か、それとも屋上の階段に近い場所にある二階の部屋か。それが問題だ」

「どちらにせよ迅速に制圧してしまえばいい。人質も死にさえしなければなんとでもなるだろう？」

ダナンがそう言ってくる。そりゃそうだけどさぁ……もっとこう、人質の安全を考えるべきじゃないか？　と言ったところこのままにしておく方が危ないと言われた。例の司教が癇癪を起こして人質を処刑しかねないと。

「では、私は陽動をしますので」

「くれぐれも気をつけろよ」

「それは私の台詞です。コースケこそくれぐれも気をつけてください。ここにはメリネスブルグの大聖堂のような聖域はないのですから、バジリスクの毒など受けたらどうしようもありません。決して無茶をしないように」

「はい、気をつけます」

陽動をするというエレンを心配したら逆に心配されてしまった。まぁ、陽動とは言っても聖女という立場を使って精鋭兵に守られながらエールヴィッヒと舌戦をするって感じらしいから、確かに危険も何もないんだろうけどさ。俺は逆に突入部隊と一緒に制圧に同行するつもりだから、俺の方が危ないのは確かではある。

今回の俺の装備は近距離戦用のサブマシンガンを装備していく。前に遺跡探索の際に使っていたヤツだ。45口径の拳銃弾を使用するタイプで、サプレッサー付きの一品である。設計はかなり旧いが、生産性と信頼性が高いのが俺のお気に入りである。

いや、本音を言えばもっと近代的な銃を使いたいんだけどね？　生産性というか素材の問題がね？

今後はライム達からスライム素材を豊富に調達できるので、スライム素材からポリマー系の素材を作れるようになればまた色々と変わってくることになるだろう。

加工技術も革新したいが、ゴーレム加工台以上となるとどうすればいいのか全く見当もつかないんだよな。何か抜本的な技術革新が必要な気がする。

装備を点検しているうちにダナンによる突入部隊の編成も終わったようなので、エレンが護衛とともに領主館の前まで進み出てエールヴィッヒ司教を出すように呼びかけを始める。同時に俺とダナンとザミル女史、それに少数精鋭の突入部隊が地下牢への入り口に近い壁へと移動した。屋上からの監視の目は、ピルナ達ハーピィが低空飛行を繰り返すことによって空に釘付けである。

今回のプランはこうだ。

まず、エレンとハーピィの皆さんが正面と空からそれぞれ陽動を行って監視の目を緩める。その隙に突入部隊が領主館に忍び寄り、俺がミスリルつるはしで速やかに壁を破壊して突入。まず地下牢を制圧し、その後は速やかに人質を確保。牢番から地下牢にいない人質の情報を聞き出して人質全員の安全を確保。確保が完了次第後続の部隊を突入させながら、先行突入部隊がエールヴィッヒの身柄を押さえる。そして後続部隊とともに館内全域を制圧。

「俺がいると物理的な防壁は基本何の役にも立たないからなぁ」

「確かに防衛指揮官から見ると悪夢のような存在だな、コースケは」

俺を無力化するなら、殺すか常に薬か何かで眠らせ続けるかするしかないだろうからな。どんなに厳重に拘束しても、拘束具である以上はインベントリに入れてしまえるし。ああいや、両手両足を切り落とすとか、収納できない壁とかに埋めちゃうとか、そういうことをされるとどうしようもなくなるか。自分で言っててちょっと怖くなる想像だけど。

「ここだ」

「了解。突入準備」

目的の場所に辿り着いた俺はショートカットからミスリルつるはしを呼び出し、その切っ先を領主館の壁に叩きつけた。カンッ、という軽い音と共に幅1メートル、高さ1メートル、奥行き1メートルの範囲の石壁が消失する。流石に奥行き1メートルも壁の厚さはなかったから、一撃で貫通したな。

「広げるぞ」

更にミスリルつるはしを振るって突入口を拡張し、行く手を阻《はば》みそうな棚や樽などをインベントリに回収する。どうやらここは物置部屋か何かであるようだ。サブマシンガンをショートカットから呼び出して領主館内に踏み込む。

先頭を行くザミル女史に続いて俺が二番手だ。これには最初ダナンが反対したが、俺の持つ武器の攻撃力と利便性を知っているザミル女史が俺を後押ししてくれたので、この隊列に決まった。ミスリル合金製の短槍を持ったザミル女史が地下への階段を降り、曲がり角で止まってその先を覗く。

「三人です」

「全部片付けようか？」

「手前の二人は私が片付けます。コースケ様は奥の一人を」

「了解。射線に入らないよう気をつけてくれよ」

ザミル女史がコクリと頷いて曲がり角から飛び出すのを見て俺もその後に続く。

「なっ――!?」

誰何《すいか》しようとした牢番の横っ面にザミル女史の振るった短槍の柄がめり込み、牢番が力なく崩折れる。もう一人にはザミル女史の逞しい尻尾が襲いかかり、その足を払って転倒させた。その様子を見ながら俺は奥にいるもう一人の牢番にサブマシンガンを向ける。狙いは右肩だ。

カカカンッ、という甲高い音と共に発射された鉛の亜音速弾が奥の牢番の上半身、肩の辺りに着弾した。45口径の鉛玉は牢番の身体を守る革鎧を易々と貫通し、その運動エネルギーを余すことなく男の体内で放出する。

「ぐあぁっ!?」

銃撃を受けた男はもんどり打って仰向けに倒れ込んだ。一発は外れて奥の石壁に当たったようで、奥で砕けた石壁の欠片が床に落ちる音と、サブシンガンから排出された真鍮製の薬莢が石床を跳ねる音が地下牢に反響する。

「制圧してくれ」

ザミル女史が転んだ牢番をストンピングで制圧するのを横目で見ながら、後ろに控えている精鋭兵に奥で倒れ込んだ牢番の制圧を要請する。殺すだけなら追い打ちで更に撃てば良いけど、残念ながら屈強な男を制圧する作法は弁えていないからな。こういうのはプロに任せるに限る。

俺は牢番達の対処をダナン達に任せ、牢に囚われている人質達の方に対処することにした。俺についてきたザミル女史を見て牢の中の人々が怯えた表情を見せる。

「俺達は新生メリナード王国——つまり解放軍だ。この街を制圧するために来た。でも、あんた達に何か酷いことをするつもりはない。どちらかというと、あんた達を助けに来た」

俺の言葉に人質達は怯えながらも困惑した表情を見せる。この街を制圧しに来たのに自分達を助けに来たというのも確かに意味がわからんだろうな！

人質として囚えられていた人達は全員女性であった。小さい子供からご年配の方まで年齢はバラバラだが、いずれも衛兵や聖王国軍兵士の関係者であるらしい。

「とにかく、酷いことをするつもりはないってことだけわかってくれればいい。腹は減ってないか？喉は渇いてないか？　具合の悪い人は？」

聞いて回ると何人か体調不良者がいたので、キュアディジーズポーションを処方しておく。不安そうだったので、俺が目の前で一口飲んで見せてから渡すと飲んでくれた。少し規定量より少なくなるが、まぁ死ぬような病気とかじゃない限り十分に効くだろう。

牢番と合わせて人質として囚えられている人々からも話を聞き、全ての人質がこの場にいることが確認できた。他の場所に分散されていたら厄介だったが、これは思わぬ幸運だな。

「人質の確保完了。後続部隊突入開始」

『了解、後続部隊に突入させます』

ゴーレム通信機で、外で待機している後続部隊と連絡を取ってから再び地上に戻る。物置き前で後続部隊と合流したら本格的に制圧開始だ。まぁ、質と数でこちらが勝っているから、ここからどんでん返しが起こることはあるまい。

◆　◆　◆

領主館内の掃討は速やかに進んだ。相手は聖王国軍の兵士と言えども、普通の人間。こちらは身体能力に優れる亜人の精鋭兵である。近接戦闘能力に関して言えば、身体能力に優れる亜人の方が普通の人間よりも優れていることは自明の理で、その上こちらの方が単純に装備も良い。

「で、今度は領主の執務室に立て篭もりか」

「そのようだ」

俺とダナンの眼前では、亜人の精鋭兵達が執務室の扉を破ろうと体当たりをしている。どうもエールヴィッヒは旗色が悪いと見るや今度は執務室に立て篭もったらしい。いちいち手間を掛けさせる野郎である。大人しくお縄につけと言いたい。

「面倒臭い。壁を破るぞ」

「そうしてくれ。突入準備！」

俺が銀色に光り輝くミスリルつるはしをショートカットから取り出すと、精鋭兵達がゴーツフットクロスボウに矢を装填し始めた。壁を破ると同時にクロスボウで射撃を行い、それから室内に踏み込むつもりらしい。

「行くぞ」

突入班に目配せをしてからミスリルつるはしを振り上げ、扉の横の壁に叩きつける。カンッ、という音と共に石壁が消失し、その向こうに驚愕の表情を浮かべるいかにも『聖職者』って感じの衣装を身に着けた神経質そうな男と、数人の兵の姿が見えた。

「制圧しろっ！」

ダナンの声とともに放たれたボルトが中にいた聖職者や兵士達の肩や腕、足などに突き立ち、男達の悲鳴が上がる。ボルトを放ったクロスボウ装備の精鋭兵が身を引き、すぐさま別の精鋭兵達が室内に突入して倒れ込んだ男達を制圧した。

「呪われた罪人どもめ……アドル教の司教たる私へのこのような仕打ち、決して許さんぞっ！」

肩にクロスボウのボルトを生やしたまま、左右から亜人の精鋭兵に腕を拘束された聖職者が、憎悪に歪んだ凄まじい表情で呪詛の言葉を吐く。

「何が許さんだよ。余計な手間をかけさせやがって」

これは俺の偽らざる本音である。とっとと武装解除してくれればそれなりの待遇で聖王国本国に移送できたっていうのに、罪もない人々を投獄・監禁して抵抗とかされると解放軍というか新生メリナード王国的にもお咎めなしというわけにもいかない。こいつらの処分を考えるだけで頭が痛くなりそうだ。

「貴様……貴様は人間だというのに汚らわしき亜人どもに与しているのかっ！」

「あー、うるせぇうるせぇ。そもそも亜人排斥なんてのは、オミット王国の残党がアドル教に潜り込んで掲げた歪んだお題目だっての。過去の亡霊に振り回されやがってからに」

「懐古派の与太話を信じているのか？　あんなものは異端のまやかしだ」

肩に刺さったボルトの痛みに表情を歪めながら、エールヴィッヒらしき聖職者が吐き捨てるようにそう言う。

「残念ながらオミット王国時代のアドル経典には、亜人排斥の記述が一切ないんだよなぁ。オミット王国滅亡後にアドル教の教えに変化があったことは確定的に明らかなのだよ、エールヴィッヒ君」

「くだらんな。そのような世迷い言に耳を貸すつもりはない」

今にも唾を吐きかけてきそうな憎悪に歪んだ表情で聖職者——エールヴィッヒが俺の言葉を世迷い言と切り捨てる。こういう奴は証拠を突きつけて完膚なきまでに心を叩き折ってやりたくなるが、まぁそうしたところで何が変わるわけでもなし。時間の無駄だな。

「くだらんってことには同意する。お前みたいな三下にいつまでも関わっていても仕方ないしな。連れていけ」

「はっ」

「三下……この私が三下だとっ⁉ 貴様ァ！」

三下扱いされたエールヴィッヒが怒りのあまり顔色をどす黒く染めて叫ぶが、知ったことではない。

「貴様の顔は覚えたぞ！ 神に誓っていつか貴様に裁きを下してやる！ 覚えておけっ！」

「はいはい。俺はもう忘れたよ」

推定神の使徒である俺に神の裁きとやらが下されるかどうかは怪しいところではあるが、奴がそう誓うこと自体は奴の自由なので好きにさせておこう。その前に奴の命運がどこかで尽きる可能性の方が高いと思うけどな。

◆　◆　◆

領主館の制圧が終わると、今度こそグライゼブルグ全体の制圧が速やかに終了した。降伏を良しとしない勢力のトップが側近ごと俺達の手に落ちた上に、囚えられていた人質達も無事に助け出されたということもあって街の人々も俺達に協力してくれたのだ。

残念ながら、人質にされていた人達の中には俺達の砲撃による城壁崩壊で家族を失ってしまった人もいたようだ。痛ましい話だが、家族を失った囚人の女性は悲しそうな顔をしながらも俺達を責めるようなことはしなかった。彼女のような人達のケアはアドル教の聖職者達に任せた。

そういうのは流石に俺一人で背負うのには重すぎる。俺に出来ることなんてのは精々アドル教の聖職者に大きな宝石の原石をいくつか渡して、彼女達をケアするための資金として提供するくらいのことだ。お金で人の心は癒せない――こともないのかも知れないが、まぁそれはそれ。心安らかに過ごしてもらうための手助けになれれば幸いだ。

「難しいお顔をしていますね」

城壁と領主館の修復を終え、領主館の談話室で特にやることもなくぼーっと考え事をしていると、いつの間にか隣にアマーリエさんが座っていた。彼女の表情はどこか気遣わしげな様子である。

「まぁ、戦いの後は思うところも色々ありまして」

シルフィと一緒に地獄に落ちる覚悟はとうにできているが、家族を失って悲嘆に暮れる人を目の前で見てしまうとやはり思うところは出てきてしまうものだ。最終的には何があったとしても今更止まるわけにはいかないという結論に至るのだが、それで沈んだ気分が上向くわけでもない。

別にウジウジと悩みたいわけではないが、これぱかりは性分だからな。これで俺がこの世界をゲームか何かのように捉え、この世界に生きる人々をそれこそゲームの登場人物――つまりNPCか何かのように捉えられる感性の持ち主だったのであれば、俺もこんなに思い悩むこともなかったんだろうけど。

「無理に戦いの場に赴かなくてもよろしいのでは？」

「それはそうなんだろうけれどもね。でも、武器だけ用意して現場に顔を出さずに知らんぷりってのもね。それに、俺の力は前線でも役に立つし」

特に今回みたいな防御建築物に立て篭もった相手にはよく効くからなぁ。今回も別に壁に穴だけ空ける万能工具として同行しても良かったんだろうけどさ。

というか、敵兵士やエールヴィッヒを始末しても構わないって条件だったら、俺一人で突入した方が早かったかもしれないな。一人で壁を破って突入してサブマシンガンで全員撃ち殺したほうが多分余程手っ取り早い。後始末だけダナンに任せれば面倒もなかった。でも、それもまた何か違うな。

「結局、全部任せきりにするのも、全部俺一人でやるのも違うと思うんですよね。俺も解放軍の一員なわけですし」

「コースケ様は責任感が強いのですね。でも、貴方は一人の人間です。稀人であっても、神の使徒であっても、コースケ様は、コースケ様。一人の人間なのです。神ならぬ人の身で背負えるものには限りがあります。あまり多く背負いすぎたりはされませんように」

「あー……善処します。しんどくなったら誰かに頼りますよ」

誰にも相談せず、色々と抱え込みすぎて大失敗をやらかすっていうのもアニメや漫画、小説なんかではありがちだよなぁ。アマーリエさんの言う通り、俺はそういう失敗をしないようにしよう。

「ええ、それがよろしいかと。差し当たっては、私などはいかがですか？」

そう言ってアマーリエさんがにっこりと微笑みながら俺を迎え入れるようにパッと両腕を広げる。

えぇ？　そういうオチ？　ちょっと即物的過ぎない？

「それじゃあ遠慮なく」

だが、俺は迷うことなく身体を倒して彼女の柔らかそうなふともものに頭を乗せた。

エールヴィッヒを見て俺は学習したんだ。逃げられないものから逃げても仕方がないということを。どうせ抗えないのであれば、最初から受け容れたほうが自分も相手も苦労しなくて済むよな。

だって、今回の国内平定行脚はアマーリエさんとベルタさん、それにエレンと基本的に一緒に行動することになっているようだし、既に根回しも済んでいるようだ。つまり、彼女達と『そういう意味』で絆を深めるのは既に予定調和のようなものなのである。無論、俺が本気で抗えばそんなものはどうとでもなるのだろうけれど、そうしたところで誰も得をしないし、幸せにならない。

そもそも、アドル教懐古派を率いるデッカード大司教も新生メリナード王国を率いるシルフィやその側近のメルティも、両勢力の関係を深めるために両者の間に立つ俺を使って関係を深めようとしているわけだ。つまり、両者が関係を深めて懇《ねんご》ろな関係でやっていくために、俺はエレン達と色々な意

味で絆を育む必要があると双方が思っているわけだな。

なら、俺がやるべきことは一つだ。状況を受け容《い》れて、両者が手を携えていけるようにその思惑に素直に乗ることである。それで俺も含めて皆幸せになれるなら、それで良いのではないだろうか。

「……ちょっとびっくりしました」

アマーリエさんが頬を赤く染めながら、自分の膝の上に乗っかった俺の頭を壊れ物でも扱うように優しい手付きで撫で始める。

「コースケ様はあまり乗り気ではなかったようでしたが」

「そりゃ色々と思うところがないと言えば嘘になるけれどもね。でも俺は別にアマーリエさんやベルタさんが嫌いなわけじゃないし……というか、本当にアマーリエさんは良いのかね、こういう感じで」

こういう感じ、というのはつまりデッカード大司教の都合で、半ば強制的に俺とそういう関係になるということだ。俺の言葉の真意を正確に読み取ったのか、アマーリエさんは顔を赤くしたままコクリと頷いた。

「はい。前にもお話ししたと思いますが、コースケ様は殿方ですけれど、あまり怖く感じませんから。コースケ様と一緒ならエレオノーラ様とも一緒にいられますし、それに……」

「それに？」

「その、前にお世話した時に拝見してしまった色々が、ですね」

アマーリエさんがそう言いながら、俺から目を逸らしてモジモジと落ち着かなげに身体を動かす。

うーん、この恥じらいの表情はグッと来ますね。なるほどなるほど。

「腕とか、色々触ってみます？」

「そ、そんなことは……」

と言いつつ、俺の頭に置いた右手とは反対の左手は俺の身体に触れる気満々といった感じで手をワキワキとさせている。大人しく、慎ましげな印象のアマーリエさんだが、実は意外とムッツリなのかもしれない。

「さぁさぁどうぞ、遠慮なさらず」

そう言って俺は目を瞑る。俺にガン見されたままではアマーリエさんもやりづらかろう。

「そ、それじゃあお言葉に甘えて……」

アマーリエさんの手が俺の胸板や脇腹、お腹をおっかなびっくりといった感じに触り始める。ふっふっふ、こっちに来てからなんだかんだと飛んだり跳ねたり走ったりが多くなったからな。余計な肉は落ちて今では腹筋も割れているのだ。俺の肉体美を味わ――ちょ、脇腹はダメだって！　くすぐったい！　くすぐったいから！

◆　◆　◆

アマーリエさんとじゃれているうちに悩みというか、沈んだ気分はどこかに行ってしまった。

え？　えっちなことしたんですねって？

俺基準ではしてません。身体のあちこちを触られてくすぐったかっただけです。途中で我に返ったアマーリエさんは、顔を真っ赤にして俺に謝りながら逃げるように去っていってしまったけれども。

どうもアマーリエさんは女性だらけの環境で今まで育ってきたせいか、もしかしたら性癖が歪んで……いや、よそう。俺の勝手な推測で皆を混乱させたくない。もう少し様子を見よう。どちらかといと歪ませたのは俺のような気がするし。何もかも俺を毒の短剣で刺したあのクソ野郎が悪いんだ。

「グライゼブルグを掌握するために、少なくとも三日から一週間は滞在することになる。我々は周辺の偵察と魔物や賊の掃討を行うので、文官はグライゼブルグの行政面での掌握を、アドル教の聖職者は諸君らの本分を全うしてもらいたい」

真面目くさった表情でダナンがそう言い、領主館の会議室に集まった面々を見回す。この場に集っているのは精鋭兵を率いるダナンと銃士隊の小隊長二名、それにハーピイのピルナと文官のまとめ役である有翼人の文官、あとはアドル教からエレンとアマーリエさんとベルタさん、それに名前を知らない男性神官だ。俺も合わせて十名だな。

アマーリエさんは平静を装っているが、さっきから視線が合うたびに顔を真っ赤にして目を逸らしている。アマーリエさんはエレンの後ろにいるのでエレンは気づいていないが、隣にいるベルタさんはアマーリエさんの様子に気づいているようで、先程から俺とアマーリエさんに訝しげな視線を向けてきている。あまり怪しまれても面倒なことになりそうなので、スルーしておこう。もう手遅れかもしれないけど。

「幸い、衛兵と聖王国軍の兵士の大半は協力的だ。例の司教の熱烈な同志はそう多くないらしい。市民の中に例の司教と考えを同じくする者がどれだけいるかが心配なところだな」

「そういった手合いはどうするのですか？」

文官の有翼人がダナンと同じく真面目くさった表情でそう問いかける。彼は茶色のまだら模様の翼を持つ有翼人で、かつてはアーリヒブルグのとある商会で奴隷として働かされていた人物だ。奴隷ながらに商会の帳簿管理など、運営に深く関わる仕事をしていたらしい。

「どうにもせんよ。無論、不当に奴隷を扱っているのであれば法に従って適切に処理するがな。主流派の教えを否定し、正しい教えを広めるのはアドル教の聖職者達の仕事だ。そうだな？」

「はい、その通りですね」

ダナンの問いにエレンが頷く。

「不当に取得した奴隷が居なくなり、周りの考えが自分と合わないとなれば自然とこの街を去るだろう。余程のことがない限りは直接手を下すべきではないと俺は考えている」

「理解しました。我々の監査が重要ということですね。解放奴隷の扱いはどう致しますか？」

「差し当たっては力を取り戻すまでの衣食住の面倒を我々で見ることになるだろう。その後は本人の希望に沿えるようにするべきだろうな。その辺りはうまく差配してくれ。陛下と宰相殿からはコースケをこき使っても良いと許可を頂いているから、必要なだけ仕事をさせろ」

「はい。働きます」

ダナンの言う陛下と宰相殿というのはシルフィとメルティのことである。国のトップ二人の戦闘能力がずば抜けすぎていて暗殺の心配が一切ないというのは頼もしいな。ははは。

「資金はどうしますか？」

「陛下からコースケが預かっている。そうだな？」

「預かってるぞ。たくさんあるぞ」

確かに今回の平定行脚に際して、シルフィからそれなりの額の資金を預かっている。まぁ、この資金の原資が俺の掘り出した宝石や金属のインゴット、それに畑で採れた作物の売却益だったりするのだが。手元の貨幣が万一尽きたとしても、そこらの岩場でつるはしをガンガン振るえば宝石でもミスリルでも金でも銀でも手に入るので、資金の心配はいらない。

「湯水のように使え、とは言わないけど資金については心配しなくていい。必要なだけ要求してくれ」

「わかりました、ありがとうございます」

有翼人の文官がそう言って頭を下げる。

「コースケに関してはアドル教の方でも必要があれば適宜使ってくれ。資金や物資に関してもな」

「わかりました。元よりそのつもりですが」

「はい、使われます」

無条件降伏である。結果としてそれで幸せに、心安らかになる人が増えるなら別にそれでいいけど。まぁ、やることはアーリヒブルグやメリネスブルグでやったことと基本は同じである。街の規模が小さい分、もう少し楽だろうけど。

「領主館と城壁はコースケの手で既に補修されているので、明日からすぐに動き出してくれ。コースケは基本、アドル教の聖職者達と行動を共にしてもらうことになる。そうだな？」

「はい。明日は怪我人や病人に慈悲を施しますので。こちらに居てもらったほうが助かりますね」

「そうですか。それでは今のうちに資金を預かっておいても?」

「そうだな。領主館内であれば滅多なことはないと思うが、管理には細心の注意を払うように」

「承知致しました」

ダナンの目配せを受けた俺は、インベントリから金貨や銀貨の入った木箱を取り出して会議室のテーブルの上に置いた。一箱に一千枚の貨幣が入っている箱で、小金貨と銀貨の箱をそれぞれ三箱ずつ出しておいた。物価が違うので一概には言えないが、銀貨が一枚一万円くらいの価値、小金貨が一枚十万円くらいの価値というのが俺のイメージである。

「……小金貨の箱は一箱で十分です」

「そうか?」

聞き返すと文官の有翼人さんに、当たり前だ馬鹿野郎という顔で見られた。一箱一億円の箱三つ、一箱一千万円の箱三つ、合わせて三億三千万円分の資金……うん、俺なら銀貨の箱一つでも安心して寝れないかもしれん。インベントリに入れておけば絶対に盗まれないからあまり実感がないけど、自分の責任で会社の金を三億も預かってホテルの部屋で管理しろとか言われても絶対にお断りだよな。

なんだかオラ今更怖くなってきたぞ。

「それとコースケ、この会議室の隣の部屋を例のもの用に片付けたので、後で設置しておいてくれ」

「了解」

例のものというのは大型のゴーレム通信機のことである。緊急時の連絡や方針の確認、報告などをメリネスブルグへと届けるために設置することになっているのだ。大型のゴーレム通信機は解放軍

——新生メリナード王国の秘中の秘とも言える装置なので、警備や管理が厳重なのである。

小型通信機の存在はアドル教懐古派の人達にはとっくにバレてるけどね。現物も見られてるし。でも、大型のはエレンもまだ現物は見てないんじゃないかな。前にアーリヒブルグとメリネスブルグの間で交信してた時には間にライム達が入っていたし。

「ケルネスは有効に使ってくれ」

「はい、そうします」

有翼人の文官さんが素直に頷く。彼の名はケルネスというらしい。

「では解散だ。明日に備えて身体を休めてくれ」

ダナンの号令で全員が席を立つ。俺はまだ休めないんだ。うちの兵士達の宿舎を作らなきゃいけないからな。

Different world
survival to
go with the master

第五話 せいなるおとめたち

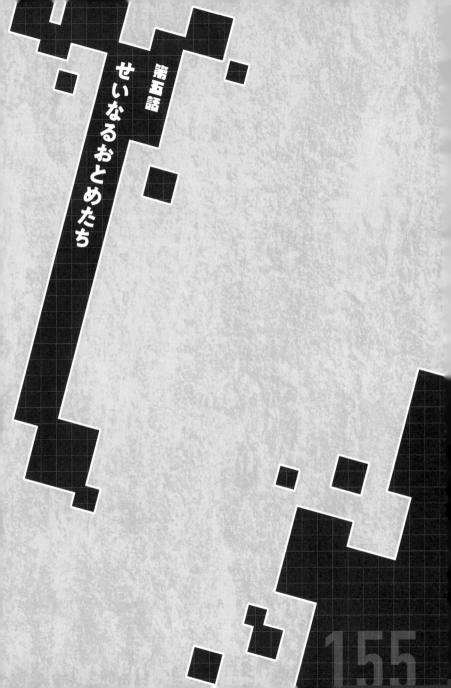

今日もなかなかのハードワークだったな。長距離運転から攻城戦に至り、その後は拠点制圧戦、更に破壊した領主館の壁や城壁の修復に、怪我人の治療。会議を経てこの街の古い兵舎の取り壊しと建て替え作業。数日分の補給物資の配給……うーん、こうして並べ立てると俺は今日も一日かなり勤勉だったのではなかろうか？

そう考えながら領主館に戻ってきた俺は、自分に宛がわれた部屋に向かうべく廊下を歩いていた。そろそろ日も落ちかけてきており、廊下には茜色の日差しが差し込んできている。

そんな廊下でばったりとベルタさんに会った。彼女は焼き立てらしいパンの入ったバスケットを抱えている。晩御飯の用意だろうか？

「お疲れさまです、コースケ様」

「お疲れさまです」

ベルタさんは彫りの深い顔立ちの美人さんである。目鼻立ちがくっきりとしていて、目に力がある。迫力があると言っても良いかも知れない。

「アマーリエと何かありましたか？」

「別になにもないですじょ？」

動揺を隠そうとしたのだが、唐突過ぎる質問につい噛んでしまった。ベルタさんがジトリとした視線を向けてくる。

「エレオノーラ様の前でも同じことが言えますか？」

「アマーリエさんの名誉のために黙秘します」

何も喋らなければ何かを暴かれることもない。ふふふ、俺は天才だな。

「そうですか。ところで私はエレオノーラ様の補佐をする審問官としての技能がございます」

「審問官」

「はい。エレオノーラ様の真実の瞳は発した言葉の嘘を見抜くものなので、黙秘されてしまうと困ったことになりますから。そういった者の口を割るための技術に長《た》けた者が、エレオノーラ様の側には不可欠なのですね。護衛も兼ねているのですが」

「なるほどぉ……」

ベルタさんの視線に力というか、迫力があるのはそういった雰囲気が滲み出ていたからだったか。

そう言えば、ベルタさんはいつも影のようにエレンに付き添っているものな。

「今、審問官としての技術をコースケ様に使うべきかどうか悩んでいるのですが」

「べつになにもへんなことはしてないですしなかったです」

「ほんとうに？」

ハイライトの消えた目でベルタさんが問いかけてくる。コワイ！

「膝枕をしてもらいました」

「それだけですか？」

「あとは軽く腕とかお腹とかをマッサージしてもらっただけです」

嘘はついていない。アマーリエさんの手付きがちょっとねちっこくて、触っている間にアマーリエさんの鼻息がちょっとずつ荒くなっていただけである。

「……まぁ、良いでしょう。特に不埒な真似をしたということではないようですね」

「どちらかというと不埒な真似をされた方かなぁ」

「それでああなってるわけですか。まぁ、アマーリエは箱入りですからね」

まるで自分はそうじゃないとでも言いたげな様子である。俺の視線に気づいたのか、ベルタさんは少し頰を膨らませてみせた。迫力のある美人がそういう顔をすると一気に幼気な感じになって破壊力が凄いですね？

「私はアマーリエほど箱入りではないですよ。審問官としての訓練を受ける際や、実際に審問を行う過程で色々なものを見聞きしていますから」

「なるほど」

納得のできる話ではある。メリネスブルグを支配していた司祭だか司教だかも権力を笠に着て、かなり派手にやりたい放題してたみたいだからな。胸糞が悪くなる話だけど。

「ちなみにですが」

「うん？」

首を傾げる俺にベルタさんが身を寄せてくる。焼きたてのパンの香りが香ばしい。

「……私は多分攻められるのが好きです」

彼女は俺の耳元でそう囁くと、サッと身を離して歩き始めた。耳元で囁かれた俺は彼女の唐突な行動に動悸が激しくなってしまって彼女を追うどころの騒ぎではない。

「どうしたんですか？　エレオノーラ様がお待ちですよ」

「えっ……お、おうっす」

少し先で歩みを止めてこちらを振り返っていたベルタさんが動揺している俺を見て小さく笑い、また歩き始める。う、うーん、ベルタさんのキャラがわからん……！　思った以上にアグレッシブな性格であることだけはわかった。

それなりに好意は持ってくれている……持ってくれているんだよな？　行動が唐突過ぎて今ひとつ読めないが、そうだと思いたい。

俺は内心ベルタさんとどう接すれば良いのか悩みながら、なんとなく上機嫌のように感じられる彼女の後を追うのであった。

◆
◆
◆

焼きたてのパンとちょっと固めのチーズ、それにキャベツの酢漬けのようなものと干し肉と干し野菜入りのスープという質素なのだか豪華なのだかよくわからない夕食を、エレンとアマーリエさん、それにベルタさんとの四人で終えた俺は風呂に入っていた。

グライゼブルグの領主館の風呂は中々に広く、施設も充実していた。浴槽は広く、恐らく五人くらいはゆったりと浸かれるくらいであるし、高価な魔道具によってお湯は潤沢かつ贅沢にじゃんじゃんと供給されている。同じ魔道具から供給されたお湯はシャワーとしても使えるようになっており、お湯の供給元が魔道具であることを除けば日本の風呂と遜色ない使い心地であった。

食事を終えた俺が何故そんな贅沢な作りの風呂に入っているのか？　それは食事の後にこんなやり取りがあったからだ。

『さて、食事を終えましたが……シルフィエルとはこの後はいつもどのように過ごしているのですか？』

『んー、大体は風呂に入ってから長椅子に座って、お酒でもちびちびやりつつ話したりとかしてるかな』

『ではそうしましょう。一番風呂は貴方に譲ってさしあげます』

と、このような感じだ。

エレンはエレンなりに俺との過ごし方というのを確立しようと色々と考えているらしい。まずは先人のやり方を模倣してみるのが良いでしょう、とアマーリエさんとベルタさんに説いていたからな。こういう状況でも自然とリーダーシップを取るあたり、流石は聖女様といったところだな。

正直に言えば、俺自身もまだエレンを含めたアドル教の三人とどう接すれば良いのかわかっていないからな。エレンと出会ってからはそれなりに時間が経っているが、一緒に過ごした時間はまだごく短い。出会った直後の密度は濃かったと思うが、その後は長く離れ離れであったし、再会してからもシルフィ達への遠慮もあってか、一緒に過ごした時間はあまり多くなかった。アマーリエさんとベルタさんに至っては、そんなエレンよりも接した時間が短いのだ。

そのような事情があって、俺も彼女達もお互いの距離を測りかねているというかなんというか……見ようによっては初々しさのあふれるもどかしい状態なわけだ。俺とシルフィだともう普通にベッタりというか、色々と遠慮がいらない関係になっているからな。エレン達とのこんな関係も新鮮といえば新鮮で、考えようによっては少し楽しいのかも知れない。

と、そう思っていたのだが。

「失礼します」

「ブフォッ！」

軽く身体を流してまずは身体を温めようと湯船に浸かっていたところ、一糸まとわぬ姿を申し訳程度に手ぬぐいで隠したエレンが浴室に突入してきた。

シミひとつない透き通るような白い肌、全体的にはほっそりとしているのに、必要なところにはしっかりと肉のついている芸術品のような肢体、そして入浴のために頭の上にまとめられた金髪と、普段は下ろしている髪と聖女のヴェールに隠れていたうなじ……なんというか、あまりに綺麗な身体で言葉が出なかった。

「……何をそんなに食い入るように見ているのですか」

「ごめん」

顔を赤くして自らの身体を抱きしめるようにして恥じらうエレンから、慌てて視線を逸らす。裸を見るのは初めてじゃないだろうって？　いやいや、こんな明るい中でじっくりと見るの初めてだから。というか、結局エレンとはあまりタイミングも合わなくてそんなにスキンシップは取れていないし。

視線を逸らして目を瞑っていると、感覚が研ぎ澄まされてエレンの一挙一投足を肌で感じられるような気がしてくる。しかしこれはなんだ？　一体どうすれば良いのだ？　いや待て落ち着け、落ち着

くんだ。女性と風呂に入るのなんて今まで何度もしてきたことではないか。

シルフィやアイラ、ハーピィさん達にメルティ、それにグランデとも何度も一緒にお風呂に入ってきただろう？　今更エレンと一緒にお風呂に入ることに何を動揺することがあるのか？

第一、裸体の美しさなんて言い始めたらシルフィやメルティだって凄いし、アイラやハーピィさん達だって——。

「……別に、見るなとは言っていませんが」

エレンのそんな声に思わず目を開けてエレンに視線を向けてしまう。軽く湯を浴びて濡れたエレンの肌は先程よりも艶めかしさを増して——俺が馬鹿だったよ。女体の神秘や美しさというのは普遍的なものではないんだ。シルフィやアイラの身体を見慣れたからと言って、エレンの身体を見慣れたわけじゃない。

女性の身体というものは多分宝石と同じなのだ。一つ一つの宝石が全く違う輝きと美しさを持つように……俺は何かよくわからない真理の一端を見出そうとしているのかもしれない。

俺の視線に顔を赤くしつつ、エレンは俺と同じ湯船へと入ってくる。そして肌が触れ合いそうなほどの至近距離で腰を落ち着けてしまった。湯船は広いんですよ！　どうしてそういうことをするんですか⁉

「随分と動揺していますね？　女性の裸体など見慣れているのでは？」

「そうだと思い込もうとしているが、そういうわけにもいかないみたいだ」

「……そうですか」

エレンの赤い瞳は他人の言葉の真実を見抜く。当然、今の俺の発言が真実であることもだ。それを気恥ずかしく感じたのか、エレンもまた俺から視線を逸らしてしまった。なんとなく双方無言になってしまう。

「しかし、今からそんな様子で大丈夫なのですか？」

「何がだ？」

俺が聞き返すと、エレンはその赤い瞳を風呂場の入り口——つまり脱衣所の方へと向けた。その瞬間、湿気に強い塗料の塗られた木製の白い扉が小さな音を立てて開く。

「お、お邪魔致します」

「……」

この状況でこのお風呂に乱入してくる女性が誰なのか、ということは論ずるまでもない。エレンと同じく申し訳程度に裸体を手ぬぐいで隠したアマーリエさんとベルタさんである。

蜂蜜色の豊かな髪の毛に、メルティもかくやという立派なお胸、そしてエレンよりも明確に肉感的な肢体。女性らしい色っぽさ全開といった風情のアマーリエさん。

ベルタさんはアマーリエさんとは対象的にスレンダーな印象だが、それは彼女の背がアマーリエさんよりも拳一つ分くらい高いせいでそう見えるだけだろう。程よく鍛えられた長い足はまるでカモシカのようにスラッとしていて美しいし、何より身体全体のバランスがとても良い。所謂モデル体形というのは彼女のような人のことを言うのだろう。

「あ、あの……」

「そんなに見られると流石に恥ずかしいのですが」

二人が小さな布で大事なところを隠しながらモジモジと身を捩らせる。これはいけない。素数でも数えて落ち着かないと理性を飛ばしてしまいそうだ。

今まで風呂に乱入してくる女性と言えば完全に肉食系というか、むしろ向こうから身体を晒すばかりか色々な場所をこう、こちらの身体に押し付けてくるような対応ばかりだったのでこの三人のように恥じらいを見せるような反応は逆に新鮮だ。ちょっと湯船から上がれない。

「そろそろ湯船から上がって身体を洗ってはどうですか」

「いやちょっと今は都合が悪くて」

「……なるほど」

赤い視線がお湯の中に注がれる。なるほどじゃない。やめたまえ。

「しかしそのままだとのぼせて倒れるのでは？　ああ、なるほど。のぼせて倒れたところを私達三人にお世話させたいと？　流石に身体を張り過ぎだと思いますが」

「別にそういうプレイを望んでるわけじゃねぇから！　わかったよ観念するよ！」

ザバッ！　と音を立てるくらい勢いよく立ち上がろうとしたが、そうするとエレンにお湯がかかってしまうので静かに湯船の中で立ち上がり、アマーリエさんとベルタさんの待つ洗い場へと向かう。

勿論何も隠すことはしない。隠しようもないからね！　開き直るよ！

「え、ええと……お背中、お流ししますね」

アマーリエさん、視線が物凄い速度で移動してます。そんなにチラチラ見ないでも良いのよ。

「……なんだかこうしてお世話をするのはあの時を思い出しますね」

洗い場に座った俺に桶でお湯をかけながらベルタさんが呟く。

あの時というのは、俺がエレンを庇う形となって毒の短剣で刺された時のことだろう。あの時はろくに身体を動かすことができなかったから、食事や身体を拭くのは勿論、トイレの世話まで全部見てもらってたからな。

「それでは、あの時のように面倒を見てあげるとしましょう。三人で」

俺に続いて湯船から上がってきていたエレンがピトリと俺の背中にくっつく。当然、俺とエレンの間を隔てるものは何もない。とても背中が幸せだ。

「はい」

「お世話、しますね」

左右の腕にアマーリエさんとベルタさんもくっついてくる。うーん、マーベラス。何度体験しても思うが、こういうのって男のロマンなところあるよな。

「ひゃんっ」

「んっ」

左右の二人の腰に手を回し、腰からお尻のラインの感触を楽しむ。もっちりとしていて手に吸い付くようなアマーリエさんの感触と肌理が細かく、滑るような感触のベルタさん。それぞれの感触の違いを楽しむ。

エレンを含めて三人とも異性の身体というものに慣れていないので、存分に目で見て、触って、その感触を確かめてもらう。俺からのボディータッチは控えめに。まずはあちらのされるがままにして、恐怖心というものをなくしてもらうようにする。

「ふーっ……ふーっ……！」

顔を真っ赤にしながら鼻息も荒く俺の身体を弄るアマーリエさんが可愛い。普段ほんわりしているというか、優しげな雰囲気の彼女が鼻血でも噴き出すんじゃないかってくらい我を失って興奮しているのがとてつもなく可愛く感じる。

「あむ……れろ……ふぁ……」

ベルタさんはベルタさんで、無言で俺の指やら耳やら肩やら首筋やらをぺろぺろしている。息を荒らげているあたり、彼女も大興奮しているらしい。

「はぁ……んっ」

エレンは後ろからぎゅっと抱きつきながらもぞもぞと動いて息を漏らしている。背中に押し付けられる柔らかい感触が実に幸せだ。

よしこい、とことんこい。全て受け止めてやる！

◆　◆　◆

長い闘いだった。闘いの経験は俺が圧倒的に上だったが、相手は三人。しかも三人ともが回復持ちで、一人を倒してももう一人と闘っている間に残りの一人が倒れた仲間を回復するのだ。更に相手は少しずつ学習して強くなっていく。俺にとっては絶望的とも言える消耗戦であった。

最終的に一番回復能力の高いエレンを常に最優先で倒すことを徹底することによって、なんとか勝利をもぎ取った形だ。総合力はエレンが一番高く、アマーリエさんはタフで、ベルタさんは攻撃力が高かった……同じ状況に陥ったら、次は多分勝てないだろう。

「……」

「……」

「……」

軽く身支度を整えて皆で朝食を取っているのだが、会話がない。悪い意味でなく、三人ともまだどこかぼーっとしているというか、ふわふわとしているというか……刺激が強すぎたのかもしれない。

三人ともどこか上の空で、俺がインベントリから出したホットケーキとミルクという朝から甘くて重めの朝食を口に運んでいる。

「腸詰め肉食べる人ー、はい挙手」

三人の視線が俺に集まり、全員の手が挙がる。ちゃんと外部からの声は聞こえているらしいし、食欲も問題ないようだ。まぁ放っておけばそのうち元に戻るだろう。

俺は取皿をインベントリから取り出し、フランクフルトのような大ぶりの腸詰め肉を二本ずつ盛り付け、彼女達の席にそれぞれ置く。

三人はその腸詰め肉を何故かじっと見つめたかと思うと、急に顔を真っ赤にして激烈な反応を見せた。エレンはフォークを取り落して両頬に手を当て、アマーリエさんは両手で顔を覆い、ベルタさんはモジモジとしながらお腹の辺りをさすっている。何を連想したんだね、君達。まぁちょっとだけ狙ってはいたけれども。

「三人とも、おはよう」

「……おはようございます」

「……す」

「おはようございます」

アマーリエさんの声が蚊の鳴くような声で殆ど聞こえなかったが、三人とも正気を取り戻してくれたようで何よりだ。

「腸詰め肉、残さないでね」

「ええ、食べますとも」

エレンがやけくそ気味にテーブルの上に取り落したフォークを拾い、腸詰め肉に突き立て、がぶりと齧る。何故だかヒュンッとなる光景だなぁ、ははは。ベルタさんも微妙な顔をしながら腸詰め肉をもぐもぐと食べ始めた。アマーリエさんはそれどころではないようで、両手で顔を覆ったまま固まっている。耳まで真っ赤だな。

再び無言の時間が始まる。しかし今度は決して上の空だからということではなく、意識的なものだ。若干一名顔を両手で覆ったまま蚊の鳴くような声で、神様に対する祈りだか懺悔の言葉だかわからないものを呟いている人がいるが、エレンは単にバツが悪いというか、気恥ずかしさから黙っているだけだな。

ベルタさんは……なんだろう。妙に色っぽいというか、うっとりした表情だ。俺の視線に気づいたベルタさんがにんまりと艶のある笑みを向けてくる。

「正直に言うと、私は所謂女の幸せというものを半ば諦めていましたので」

「なんでまた」

ベルタさんは美人だし、その気になれば男なんていくらでも捕まえられそうに思うけど。

「私はエレオノーラ様の側付きで、護衛も兼ねた審問官ですから。審問官というだけで、男性は引いてしまいますからね」

「そうなんだ」

「興味なさそうですね」

「ベルタさんはベルタさんだし、今更かなぁ。肩書きは所詮肩書きでしかないでしょ」

そもそも審問官なんて肩書きも昨日知った話だしな。

「泣く子も黙る審問官も、コースケにかかったら形なしですね」

「はい」

ベルタさんが嬉しそうに頷く。審問官がどんなに剣呑な肩書きだとしても、解放軍司令官とか、新生メリナード王国女王とか、黒き森の魔女には敵わないと思うよ。そんなことで引くことはないから今後も気にしないでほしい。

「で、アマーリエさんはいつまでそうしているので？」

「うぅ……だってぇ」

顔を覆った両手の指の隙間を少し開けて、隙間越しに目が合う。

「わ、わたし、あ、あんなことを……うあぁぁぁ……」

「アマーリエは……」

「底なしでしたね」

「言わないでー！」

アマーリエさんが叫んでテーブルに突っ伏す。

俺の作戦に拠るところも大きかったが、ダウンした順番はエレン、ベルタさん、アマーリエさんの順である。

アマーリエさんは全く堪える様子がないというか、ベルタさんの言う通り底なしというか、とにかくタフであったので最後にじっくりと攻略することにしたのだ。あのタフさは正直メルティと良い勝負だと思う。

「それに付き合いきったコースケもコースケですが」

「逞しいですね」

「アマーリエはともかく、私達では一人では太刀打ちできそうにありませんね。というか、あの時はだいぶ手加減していたのですね」

あの時というのはエレンと初めて夜を過ごした時の話だろう。

「手加減というかなんというか、別に激しい必要はないと思うんだよね……というかこの話いつまで続けるんだ？」

俺の突っ込みにエレンは今までの自分の発言を省みたのか、コホンと一つ咳払いをした。朝っぱらから淑女がする会話ではないと思い至ったのだろう。

「アマーリエさんも立ち直って」

「無理ですぅ……」

アマーリエさんはテーブルに突っ伏したまま情けない声を上げた。これは重症だな。

◆
◆
◆

出来ることなら一日中三人とイチャついていたいものだが、世の中そう甘くはない。俺達はハネムーンを過ごしに来たのではなく、メリナード国内を平定するためにメリネスブルグからここまで来たのだから、あまりイチャついてばかりもいられないのだ。彼女達と仲良く過ごすのもある意味では俺の仕事と言えば仕事なんだけどね。

「聖女様と神の御使い様による施しを行います」

「静粛に」

アドル教の神官さん達が施しを受けに来た人々を、先着の列順に俺が用意した長椅子や木箱の椅子などに座らせていく。俺はそれを横目に見ながらエレンと一緒に人々に施しを与える。

「お、おぉ……痛くない。痛くないぞ！」

「あ、歩ける！　歩けるよ！」

俺達の行う施しとは、つまりグライゼブルグの住人に対する治療行為であった。エレンは奇跡で、俺はインベントリに入れてあるライフポーションやキュアポイズンポーション、キュアディジーズポーション、それにスプリントなどを使って彼らをひたすら治療していくのである。

アドル教による治療の施しというのは度々行われているそうだが、それは基本的に何かの祭事の時だとか、高位の聖職者が訪れた際に気まぐれにだとか、そういう感じなのだそうだ。普通はアドル教の教会に、それなりの額のお布施をして奇跡による治療をしてもらうものであるらしい。

今回の施しに関して言えば、これはこの街を訪れた俺達がグライゼブルグの人々に対して害意がないことをアピールするためのものであり、同時に俺という存在がエレンという聖女の隣に立つ神の御使いであるということをアピールするためのものでもあった。

何もないところから怪我や病気、中毒症状などをたちどころに治す薬を取り出し、何の変哲もない布と当て木で魔法や奇跡では治癒の難しい障害を抱えた四肢などを治す。なるほど、演出の仕方によっては十分に神の御使い――かどうかはわからないが、普通ではない特別な存在に見えるだろう。

そして、彼ら聖職者というのはそういった演出のプロである。説法や儀式を通じて、ただの人間を聖なる存在に昇華する手際に関しては彼らの右に出るものはいないのだ。俺は黙って彼らの作ったシナリオに従っていればいい。具体的に言えばちょっと高級そうな聖職者の衣装を着て、にこやかにグライゼブルグの住人達に治療を施せば良いわけである。

立つことも難しいような病人や怪我人が運び込まれてきて、それを俺が施したライフポーションやキュアディジーズポーションで完治させる。当然、完治したのだから今まで苦悶の声を上げて横たわっていた人もケロッとした顔で起き上がったりする。そうでなくともスッキリとした顔で病気が治った！　もう苦しくない！　痛くない！　と興奮した声を上げる。

本来、こういう時には、実は病気でも怪我でもなんでもないサクラを使うこともあるらしいのだが、今回に限ってはガチである。グライゼブルグというのはそれなりの規模の街ではあるがアーリヒブルグには劣る規模で、街の中に長年難病や怪我で苦しんでいるという人がいればその事情を知っているという人も多い。そんな人を俺がバンバン回復させていくのである。

「神の御使いと言っても正直眉唾だと思っていたけど、これは……」

「魔法というか奇跡っぽくは見えないけど、あれは本物だな」

「俺は少し魔法を齧ってるからわかるけど、あれは魔法でも奇跡でもないと思う……もっと凄い何かだ」

何か大規模な催しがあると聞いて見物に来ているような人も大勢いる。というか、いつの間にか食い物を売る屋台なんかもできてちょっとしたお祭り騒ぎになりつつある。そして、その見物人という か野次馬の中から俺をヨイショするような声が聞こえてくる。あれはアドル教のサクラだろう、多分。

そういうわけで、俺とエレンは衆人環視の中グライゼブルグの怪我人や病人を次々に治療していくのだった。

◆
◆
◆

「一昨日は治療、昨日は炊き出し、そして今日は土木作業か」

グライゼブルグを掌握して体制を整える間の時間を使って、できることは全部やっておけということなのだろう。俺が公衆の面前で力を振るえば振るうだけ俺の権威というか、神の使徒としての評判はどんどん上がっていくというわけだ。

本日行っているのはグライゼブルグ南西部にある掘っ立て小屋群の解体と、その代わりとなる集合住宅の建設である。半ば貧民街になりかけているそうで、とりあえずは不衛生で隙間風が入るってレベルじゃない掘っ立て小屋を、まともな住宅にすることによって疫病の発生率くらいは下げようということらしい。実際のところどの程度効果があるのかはわからんが。

「おい、あれ……」

「噂の聖者様だか神の使徒様だかってやつか……何をしに来たんだ?」

多数の神官と衛兵を引き連れた俺を見て、住人達がひそひそと不安げに話をしている。そんな中、俺に同行している衛兵隊の中隊長さんが声を張り上げた。

「これよりこの区画の違法建造物を全て取り壊し、使徒様が新しい住居を施してくださる！　我々に協力し、粛々と沙汰を受け入れるように！」

「ちょっ」

言ってることは間違っていないが、言い方というものがあるだろう。

「俺達の家を壊す気か！」

「ふざけんな！」

中隊長さんに向かってゴミや小石が降り注いでくる。

「人頭税も払っていないゴミどもが！　調子に乗るな！」

「やめろやめろ！　剣を抜くな剣を！　住民の皆さんもステイ！　落ち着け！」

中隊長殿を後ろから羽交い締めにして引き留め、住民の皆さんにもなんとか落ち着いてもらう。というか、ミスリル十字槍の流星を構えて殺気を漂わせたザミル女史を見て、住民の皆さんは反骨心というものを霧散せしめられたようだった。ザミル女史もステイ。ステイだ。

「とりあえず論より証拠ってことでな。決して損はさせないから、協力して欲しい。今日寝る場所にも困る、ということにはならないと約束するし、もしそうなったら俺が宿を手配するから」

俺だけでなくアドル教の聖職者の皆様も説得に回ってくれたのが良かったのか、それとも流星を手に仁王立ちしているザミル女史が怖かったのか、とりあえずということで四件ほど連なった掘っ立て小屋の主が協力を申し出てくれたので、家主と衛兵の皆さんとで家具を外に運び出してもらう。

「家具ってほどのものじゃないけどな」

自嘲気味にそう言うおじさんが運び出してきたのは粗末な棚や椅子、テーブルなどで、あとは細々とした食器のようなものとか水瓶のようなものとかそんな感じのものであった。他の掘っ立て小屋も同じような感じで、後は着替えが入っているらしい箱とかである。

「それじゃあまずはぶっ壊しますよー」

そう言って俺が取り出したのは光り輝くミスリルの伐採斧である。この辺の掘っ立て小屋は主に木材で作られているので、ツルハシよりもこちらが適しているというわけだ。

「随分立派な斧だけど……」

住人のおじさんは、いくら立派な斧でもさして体格が良いわけでもない俺が一人で壊すとなると日が暮れるのではないか、とでも思っているのだろう。実際、俺以外には掘っ立て小屋を取り壊そうと動いている人員が一人もいないのだから、おじさんの懸念も尤もである。

ただし、それは俺が普通の人間であればという前提の話だ。

「そぉいっ！」

ぶんっ、と勢いよく振られたミスリル伐採斧が一振りで掘っ立て小屋の約半分を消し飛ばす。どうやら掘っ立て小屋は耐久力が低いようで、一振りでごっそりとその姿を消してしまっていた。インベントリには木材や布が素材として入ったようである。

「俺は夢でも見てるのか……？」

目を擦りながら呟くおじさんをそのままに、俺はミスリル伐採斧を連続で振るって一分もかからずに四棟の掘っ立て小屋を破壊した。散らばった破片や家具の欠片はインベントリに収納して分解し、これもまた素材にする。

「整地整地っと」

本邦初公開のミスリルハンマーを使って、微妙に凸凹している地面を叩いて広範囲を整地していく。一振りで広範囲を平らにした上に、建物を立てるに相応しい強固な地盤にしてくれるのが便利な一品だ。素材にはあまりならないが、構造物を破壊するのにも中々役に立つ。というか、立ちすぎる。

ちょっと前に、試しに取り壊し予定の石造りの建物に振るってみたら、一撃で跡形もなく粉砕されてしまった。しかも素材にもならなかった。正直、破壊目的でなければツルハシの方が百倍使いやすい。ただ、地面を叩くと広範囲を平らにできるので、建築の土台作りや街道の整備などには重宝しそうである。破壊性が滅茶苦茶強いので、もしかしたら武器としても使えるかもしれない。使う機会はなさそうだけど。

「そんじゃ建てまーす」

俺が建てるのは二階建て、一階二階四部屋ずつ、計八部屋の集合住宅である。隙間風もなく、一部屋辺り二人くらいまでなら問題なく住めると太鼓判を押されている物件で、アーリヒブルグやメリネスブルグでも作っている建造物だ。平屋の建物に比べて空間を上にも使っている分、土地面積あたりの住宅供給効率が良い。

「建てましたー。鍵とかは自分でつけてね」

「お、おう……俺はどの部屋を使えば良いんだ？」

「先住民四人で話し合って決めたらどうかな？」

俺の提案で取り壊した掘っ立て小屋四棟の主が集まって話し合いをする。結果、年配の二人が一階、中年の二人が二回の部屋に住むことになったようだった。

「今は大丈夫じゃが、そのうち階段の上り下りが辛くなるかもしれんからのう……」

「隙間風もなくて暖かそうな家じゃな。これから寒くなるからありがたいわい」

そんなことを言いながら、年配の二人が衛兵によって家具が運び込まれるのを見守っている。

「こんな感じで建て替えるから、協力してくれるかな」

「「「わかりました！」」」

実際にどんなことが起こるのかを目の当たりにしてからは話が早かった。俺達が指示しなくても住人達は自主的に自分達の住処から荷物を運び出し、俺の作業を手伝ってくれる。隙間風の激しい木造の掘っ立て小屋から頑丈で綺麗な石造りの部屋に住居を変えることが出来るのなら、と非常に協力的であった。

「そういえばこれから寒くなるって？」

「はい。もう一ヶ月もしないうちに冬になりますので。雪はさほど降りませんが、気温が下がって風がかなり冷たくなりますね」

私には辛い季節です、と言ってザミル女史が溜息を吐く。ザミル女史は寒いのが苦手らしい。爬虫類だから、寒くなると体温が保てなくなって冬眠してしまうのだろうか？

「冬かぁ……」

今まで若干暑い日もあったが、あまり四季を感じるような出来事がなかったんだよな。季節なんて関係ねぇって感じの作物栽培を見ていたせいか、それともまだこちらの暦に馴染んでいないせいかね。俺がこっちに来てから結構経ってるし、俺がこっちの世界に来たのは冬が終わった直後とかだったのかもしれない。

「とにかく仕事を片付けてしまおう」

「そうですね」

ザミル女史がすることは俺の護衛なので直接何かをすることはないが、彼女のように見た目からして厳《いか》つい、わかりやすい護衛というのは非常に便利である。

ギラギラと剣呑な輝きを放つ大身十字槍を担いだ眼光の鋭いリザードマンが睨みを効かせていたら、俺に不埒なことをしようと考える輩などとっとと退散してしまうことだろう。下手に行動を起こせば槍の一撃で真っ二つ不可避である。

家具が運び出された掘っ立て小屋をミスリル伐採斧で破壊し、ミスリルハンマーで地面を均し、住居をポンと設置する。そんな作業を繰り返しているうちに掘っ立て小屋は一つもなくなり、二階建ての集合住宅が整然と並び立つ住宅街が出来上がった。

「余っている部屋はどうするんで？」

「その辺りは後で領主館から人が来て適当な差配をするだろう」

住人に質問された衛兵がそんな返事を返している。それだけでなく、今後の自分達の扱いがどうなるか、ということも気になっているのだろう。

先程剣を抜きかけた短気な中隊長さんは人頭税も払っていないとかなんとか言っていたから、恐らくこの辺りに住む人々は税も払えないほど貧しい人々なのだ。新しく家を建て直してやればそれで万事解決、とはいかない。彼らがあのような掘っ立て小屋に住み、税も払えないような状況を作り出した最強の敵をどうにかしなければならない。

その敵とはつまり、貧困というやつである。

◆　◆　◆

「難しい問題ですね」

「難しい問題だよな」

日中の仕事を終え、領主館でエレンと合流した俺は、彼女と食卓を共にしながらお互いに今日あった出来事を報告しあっていた。

俺は短期的に問題を解決する能力には長けているが、この街の南東区画に住んでいた人々を救うというのはなかなかに難しい。そりゃ彼らに農地でも与えて畑を耕させれば解決する部分もあるのかも知れないが、農業というのはそんなに簡単なものではない。いや、俺が敷いた農地ブロックの上でやるならその限りではないかも知れないが、普通はそんなに簡単なものではないのだ。ただ地面を耕して種を撒けば解決というものではないのだから。

「とはいえ、コースケの評判を落とすわけにはいきませんから。コースケが新しい家を与えてくれたは良いものの、それが原因で最終的に家すら失うなんて結末を彼らに与えてしまうと、コースケが疫病神扱いされかねませんので」

「何かしら手を打つと?」

「そうなると思いますよ。実際に骨を折るのはメリナード王国になるでしょうけど。無論、我々も出来る部分では協力しますけどね」

結局のところ、彼らにも何か稼げる仕事があれば良いわけだ。雇用の創出ねぇ……一朝一夕でどうにかなるものじゃないと思うが、何か上手くやるんだろうな。まぁ、聖王国の兵士や今まで奴隷扱いであった亜人との生活などまっぴら御免だという人達が聖王国に去っていくのだろうから、今後メリナード王国は人手不足に陥る可能性が高い。そうなれば自然と仕事も増えることだろう。そこにシルフィとメルティが手を入れていくというわけだな。

「俺は俺にできることをやるしかないか」

「そういうことですね。差し当たっては……」

「差し当たっては？」

聞き返すと、エレンは赤い瞳を俺から逸らしながら顔を赤くした。

「今日一日、コースケと離れ離れで頑張った私を労うというのはどうでしょうか」

「ＯＫ！」

そんな可愛く言われて断る男がいるだろうか？　いや、いない。存分に甘やかしてみせましょう。

第六話

バッタ騒動

グライゼブルグの平定はその後もつつがなく進行し、それに伴ってグライゼブルグ周辺の町や村なども恭順の意を示してきた。この地方でもっとも堅固な防御能力を持つグライゼブルグが、たったの一日で陥落させられたという話が商人などを通じてあっという間に広がったのだ。

『あのグライゼブルグが一日で落とされるなら、うちなどひとたまりもない』

とでも思ったのだろうか？　周辺の町や村から来る領主や使者は、それはもう平身低頭といった様子でダナンのご機嫌を伺いに来たというわけだ。

そうすると、ダナンだけではなくアドル教の聖女までいる。それに、今まで聞いたこともない聖者だか神の使徒なんてのもいる。そして今まで奴隷扱い、日陰者扱いされていた亜人達が大手を振って闊歩している。解放軍というか、新生メリナード王国の統治下に入ったのだから当たり前なのだが。

で、その様子を見た使者の反応は大きく二つに分かれるわけだ。

『古き良きメリナード王国が帰ってくるのだ！』

と喜び勇んで今後のスケジュールや、これからどのような法が制定されて亜人の扱いはどうなるのか、と鼻息を荒くするのは旧メリナード王国の思想を密かに踏襲してきた親亜人派の村や町の使者。

『これはまずい。一刻も早く体制を整えねば』

と青い顔をして、あまり目立たないように最低限の挨拶だけをしてそそくさと帰っていくのが親聖王国派の村や町の連中というわけだ。そういった反応をする連中は鼻の良い獣人系の亜人達にはバレバレであるらしい。なんでも怯えた匂いがするとか、追い詰められた獲物の匂いがするとか言っていた。冷や汗の匂いでも感知するのだろうか？

「まぁ、そんなものだな。人間というか、大抵の生き物というものはその時の感情などが自然と匂いに表れるものだ」

使者との面会を終えたダナンがそう言って肩を竦める。

今日のダナンは鎧姿ではなく、なかなかに壮麗な軍服のようなものを着込んでおり、これがなかなかどうして様になっていた。元近衛兵ということは、彼もまた旧メリナード王国に於いてはエリート中のエリートであったわけで、細かな所作なども気品が漂っているように見える。初めてエルフの里で会った時なんて、粗末なズボンとシャツだけなのに威圧感が凄かったから、山賊の親分か何かに見えたものだけどな。見た目ってのは大事だよな。

「そういうものか。ちなみに、俺はどんな感じなんだ？」

「甘ったるい匂いが混じり合ってるな」

「甘ったるい……？」

自分の匂いを嗅いでみるが、俺の嗅覚にはそういったものは全く感じられない。やはり亜人の五感の鋭さは凄いものだな。しかし、甘ったるいというのは――。

「もしかして、エレン達か」

「そういうことだな。まぁ、お前はいつもそんな感じだが」

「まぁ……ウン」

今はエレン達のうちの誰かと毎日のようにベッドを共にしているし、そうする前はシルフィやアイラやハーピィさん達、それにメルティやグランデと毎晩そうなっていたわけで……うん？

「えっ。ということは俺、今までいつも亜人の皆さんに『あいつお盛んだな』とか思われてたってこと？」

「そうだな。事実だろう？」

「それは、まぁ、その通りだけども……」

それでもそういう、なんだ。情事の気配をプンプンさせながら歩いているとか、ちょっとした歩く猥褻物《わいせつぶつ》じゃないか？

「気にするな。慣れたものだからな。というか、自分自身がそういう立場になってもどうしようもないから、あまり気にしないんだ」

「そうか……いちいち気にしていたらキリがないというわけだな」

「そういうことだ。一目瞭然だからな。見ているわけじゃないが……話が逸れているぞ」

「そうだった。それで、今後の動きはどうするんだ？」

「怪しい動きをした連中の町や村を優先的に実効支配する。この期に及んで大規模な反抗が起こるとは考えにくいが、もたもたしていると何か不埒な真似をしでかしかねんからな」

「そして周辺の制圧が終わったら次の都市に向かうわけか」

「そうなるな。まぁ、次第に楽になっていくだろうが」

「そうなのか？」

「そうなってもらわねば困る。そのためにお前と聖女は人気取りをしているんだろうが？」

「それもそうか」

俺はダナンの言葉に素直に頷いた。確かにそういった効果を期待して、俺はわざわざ姿を晒し大々的に神の使者を演じているわけだからな。いや、演じていると言うか、そのものの可能性が今のところ高いのだけれども。

と、話をしていると、俺とダナンが話をしていた会議室に解放軍の兵士が息せき切って駆け込んできた。どうやら何かただならぬ事態が起こったようである。

「キュレオンの町から救難要請が来ました！　魔物の繁殖暴走です！」

「どうした？」

「繁殖暴走？」

聞き覚えのない言葉に首を傾げる。まぁ、言葉の感じからなんとなく想像はつくけども。

「エルフの里にギズマが押しかけてきただろう？　アレと同じだ」

「ああ、なるほどね。一体どんな魔物が？」

「グラットナスグラスホッパーです」

「ぐらっとなすぐらすほっぱー……暴食バッタ？　また虫か」

しかも今度は飛んだり跳ねたりしそうなやつである。もう名前からして厄介な感じがプンプンするな。

「そんなところだ。えらく悪食な奴らでな。空腹だと草や作物どころか木や動物、食えるものならなんでも食う。普通は繁殖暴走なんて起こさないように定期的に駆除するんだが……」

「それがされてなかったと」

「解放軍対策で駆除をサボったか、単に能力不足だったのか……聖王国の支配下では冒険者の数も質も落ちているようだったから、間引きされずに数が増えたんだろう……さて、どうしたものか」

「マズいのか」

「マズい。非常にマズい。数が多い上に奴らは飛ぶ。作物を優先して貪《むさぼ》るから、大飢饉に発展しかねん。規模は調査しないとわからんが、一ヶ所に密集しているわけでもないだろうからハーピィの爆撃で解決するものでもない。そもそも奴らは結構飛ぶから低空飛行をするとハーピィも危ない」

「そりゃまずそうだな。飢饉に関しては俺が死ぬほど頑張ればなんとかなると思うけど」

食料生産力には自信があります！　ひたすら畑を作ることになるだろうから、俺の腕と腰は死ぬけどな！

「それはそうかもしれんが、メリナード王国としても、どうにもなりませんというわけにはいかんだろう。沽券《こけん》に関わる。まぁ、今回の件で聖王国の面子は丸潰れだから、ここで我々が上手くことを収めれば評判は大きく上がるだろうが……」

ダナンが難しい顔をして考え込んでいる。大量に軽機関銃を配置すればワンチャンあるかもしれんが、弾薬消費量がどんなことになるか想像するだけで頭が痛い。となると、だ。

「ここは鬼札を切るしかないな」

「鬼札？」

何をするつもりだ？　という顔でダナンが俺を見る。環境破壊を引き起こすことは目に見えているが、どうせ食い荒らされるならどっちにしろ同じことだろう。他に使い途も見当たらないし、こういう事態に使用することもある程度想定していたブツだし、ここで使うのが良いんじゃないかな。

◆◆◆

『だめ（だ・です）』

「あるぇ～？」

流石に魔煌石爆弾を俺の独断で運用するわけにはいかないので、領主館に設置した大型ゴーレム通信機でメリネスブルグに連絡をしたのだが、アイラとシルフィ、それにメルティにも一瞬で却下された。俺の華麗な作戦立案が却下されるだなんて……。

『コースケ。魔煌石爆弾は確かにグラットナスグラスホッパーの駆除に有効。だけど、あの爆弾を使って森ごと吹き飛ばすのはやめたほうがいい』

「そのこころは？」

『あの破壊力だと木を根ごと吹き飛ばしてしまうだろう。こちらも地図や資料で確認したが、現在グラットナスグラスホッパーが発生している森はキュレオンの町にほど近い場所にあって、キュレオンの町はその森から木材の調達や採集などを行っている。グラットナスグラスホッパーに食い荒らされた森は数年である程度回復するが、魔煌石爆弾で根こそぎ吹き飛ばしてしまうと回復のしようがないだろう？』

『それと、その森の奥にキュレオンの町だけでなく、その周辺の町や村の水源となっているバレリウス川の源流があるみたいなんですよね。もし魔煌石爆弾で森を吹き飛ばして、水源に影響が出ると広範囲で水不足が起きかねません』

「なるほど、経済的な観点やその他諸々の観点から、根こそぎ森を吹き飛ばすのは問題があると」

『あと、魔煌石爆弾は完全に安全が確認できたわけではない。今の所、爆破実験を行った場所には草が一本も生えていない。爆破実験直後と比べると土壌の魔力濃度も上がっている。今後も観察が必要』

『つまり、今まで通り安易には使えないというわけだ。安易に使って森が吹き飛んだ上に、後には草一本生えない土地だけ残ったりすると問題がかえって大きくなる』

「そっかー……となるとどうする？」

ダナンがどうしたものかと頭を抱えていたくらいだから、多分こちらの戦力だけでは対処は無理なんだろうと思う。だからこそ魔煌石爆弾の使用を俺は考えたわけだが、それも使うのは不味いとなると最早これ以上の手がないように思える。

『恐らく大丈夫だ。グランデにそちらに行ってもらうことにする』

「グランデか。なるほど、それならなんとかなるかな？」

グランデは強大な力を持つグランドドラゴンである。今は魔煌石を使った儀式によってドラゴン少女と化しているが、元は見上げるほど大きな体躯のドラゴンだ。魔煌石を使った儀式の後は能力が更に向上しているというし、彼女なら暴食バッタをどうにかできるかもしれない。

「こっちに来てくれたグランデにはよくお礼をしておくよ」

『ああ、労ってやってくれ。少なくともグラットナスグラスホッパー退治が終わるまでは、エレン達よりもグランデを構ってやるように』

「そうする」

本来、グランデにはメリナード王国の民のために力を振るう義理なんてないわけだしな。とは言っても彼女は良い子だから、俺やシルフィが頼めばきっと言うことを聞いてくれるのだろうけど。だからこそ一方的に利用するのではなく、それなりの礼節を持ってというか感謝の心を忘れずに接するべきだろう。

◆
◆
◆

「そういうわけで、メリネスブルグからグランデが来てくれるから」

「グランデ様か……なるほど、それならなんとかなるか」

俺の報告を聞いたダナンがほっとした表情を見せる。俺を呼び捨てにするのにグランデに様付けをするのはどうなんだろうか？　まぁ、今更ダナンに様付けで呼ばれたりしても気味が悪いだけだから別に良いけども。

「グランデ様ですか……」

ほっとした表情のダナンとは対象的にエレンは難しげな表情……はあまり変わってないな。真剣というか、深刻そうな声音でなにか考え事をしているように見える。

「何か問題があるのか？」

「いえ、問題と言うほどでは。ただ、私もアマーリエもベルタもグランデ様とは今まであまり接してこなかったので、どう接したら良いものかと」

「別に何も特別なことはしないでいいと思うけどな。グランデは多少尊大な物言いをするけど、根は素直な良い子だから普通に接すれば良いと思うぞ」

「普通に、ですか……」

エレンの眉間に微妙に皺が寄る。困っているらしい。

「心配はいらな――」

い、と言おうとしたところで外から何か炸裂音じみた音が聞こえ、同時に震動が襲いかかってきた。震度1くらいかな？

「もう来たのか……早いな」

シルフィ達と通話を終了してから一時間も経っていない。全力で飛んできたんだろうか。

話を中断して外に出ると、領主館の前が大騒ぎになっていた。騒ぎの中心点には大きなクレーターのような穴が出来上がっており、丁度そこから土まみれになったグランデが顔を出したところであった。

「グランデ！　派手にやったなオイ」

「うむ、全力を出してちと失敗したのじゃ。飛んできたまでは良かったんじゃがのう」

着地に失敗したのじゃ、と言いながらプルプルと首を振ると、土まみれになっていたグランデの身体や顔から綺麗に土が落ちた。地属性魔力に長けるグランドドラゴンにしてみれば、土汚れなどなんでもないものであるらしい。

「いやぁ失敗失敗。騒がせたの」

そう言ってグランデが手を一振りするだけでクレーター状の穴がみるみるうちに塞がっていき、砕け散っていた石畳も元に戻っていく。

「いつの間にか随分器用になってるな」

「妾とて徒《いたずら》に惰眠を貪っているわけではないぞ」

「そうだな。流石はグランデだ」

「そうじゃろう、そうじゃろう」

擦り寄ってきたグランデの頭をグリグリと撫でてやる。びったんびったんと尻尾が石畳を叩いているが、ライム達が作ってくれた弾力性尻尾カバーのお陰で石畳さんに被害はない。無辜《むこ》の石畳さんの命はライム達によって救われたのだ……。

「それで、妾に頼みたいことがあると聞いたが」

「うん、それがな……」

「まぁ、バッタ退治だとは聞いてきたんじゃが」

「聞いてるんかい。来てくれたってことは、頼んで良いのか？」

「別に構わんぞ。あいつらは割と美味いしの」

「美味しいんだ⁉」

「うむ、脚はちゃんと噛まないと喉に引っかかるが、腹の部分は柔らかくて結構美味いぞ」

「美味いのか……」

　美味いと言われるとちょっと食いたくなってくる。いやでも虫だしな……それを言ったらギズマもそうだし今更か。まぁ、機会があったら食べてみるとしよう。

「奴らの被害を抑えるとなると、早めに行動したほうが良いじゃろ。早速行くぞ」

「わかっ――え、今から？」

「そりゃそうじゃろ。放っておくとどんどん被害が広がるぞ」

　えぇ……流石に準備も何もしてないんだけど、とダナンに視線を送ると、ダナンは肩を竦めて見せた。

「死骸の処理はコースケだけでできるだろう。我々も準備をしてから向かうから、先行してくれ」

「マジで」

「話が早くて良いことじゃの。ほれ、コースケ。アレを出せ、あのごんどらとかいうやつじゃ」

「わ、わかった」

　一刻の猶予もないというのは納得できる話ではある。俺はそう考えて、一人乗り用のゴンドラをインベントリから取り出した。おもちゃのロケットみたいな流線形をしたやつだ。

　取り出したゴンドラに乗り込もうとしたところでエレンが声をかけてくる。いつも通りの感情が読み辛い無表情だが、なんとなく俺を心配してくれているように感じた。

「コースケ」

「大丈夫だ。俺は多分エレンが思っているよりもしぶといから」

「……そうですね。バジリスクの毒で肝を刺されても即死しないくらいですからね」

「え？　バジリスクって、あの食うとお腹が痛くなるアレじゃろ？　人間なら死ぬじゃろ、普通」

「俺はお腹が痛くなる程度で済むドラゴンの生命力のほうが驚きなんだが」

というか食ったことあるのか、グランデ。なんでもかんでも口に入れるのは良くないと思うぞ。

「よろしければ今度じっくりとお話をしましょう。中々愉快な内容ですよ」

「ふむ……そうじゃの。ではバッタ共をやっつけたらの」

グランデは少しの間エレンを眺め、それから頷いた。何か感ずるものがあったのだろうか。

「じゃあ、先に行ってるからな」

「ああ、気をつけろ。準備が整い次第こちらもすぐに向かう」

「ご武運を」

ダナンとエレンに見送られながら俺はゴンドラに乗り込んだ。

◆

◆

◆

「見えた、あれがキュレオンの町だな」

グランデの運ぶゴンドラに乗って、小一時間ほどで目的の町へと到達した。俺の目ではあまり高くない石垣のようなものに囲まれた町があることしかわからないが、方向と距離から考えてあれがキュレオンの町で間違いないだろう。

「そのようじゃの。町に降りるか？」

「いや、まだ解放軍が本格的に制圧した町ってわけじゃないし、危ないかも知れないからスルーで。バッタの位置はわかるか？」

「わかるぞ。あっちの森の中のようじゃな」

グランデが竜翼を羽ばたかせて方向を変える。行く手には森と、それに隣接するかつて草原であったであろう場所が見えた。

何故草原であったであろう場所、などという言い方になるかというと、俺の目にも明らかなくらいに、緑の草原に土の色がチラチラと見えていたからだ。

暴食バッタが掘り返した跡なのか、それとも暴食バッタが地面から這い出てきた痕跡なのか……どちらにせよ暴食バッタの仕業であることは間違いなさそうだ。

「草原を荒らして森に向かったのか」

「そのようじゃの。石垣に囲まれた町よりも食い物が多そうに見えたのかもしれん」

「だとしたらキュレオンの町は命拾いしたな」

暴食バッタ達が即座にキュレオンの町に向かっていたら、俺達に連絡を入れる前に全滅していたかもしれない。

「キュレオンの町と森の間に降ろしてくれ。俺はそこで漏れてきたバッタを狩る」

「うむ」

グランデが降下を開始する。この落ちていく感覚はなんとも慣れないな。どこがとは言わないが、ヒュンッってなる。

「よーし。まずは迎撃拠点を作るか」

「うむ、頑張るのじゃ」

「うん。とは言ってもなぁ……」

俺一人が詰めるとなると、迎撃拠点というよりは櫓《やぐら》みたいなものになるか？　というか、どれくらいの大きさなんだろうか、暴食バッタとやらは。

「グランデ、バッタの大きさってどれくらいかわかるか？」

「そうじゃの……大きいのは今の妾くらいの大きさがあると思うぞ。普通サイズじゃと－……妾の尻尾くらいかの？」

そう言ってグランデが自分のぶっとい尻尾をブンブンと振り、それから尻尾カバーに気づいて取り外し始めた。これから戦うわけだから、外しておいたほうが良いよな。うん、預かっとくよ。

「バッタだから、飛ぶよな」

「結構飛ぶぞ。多分普通にコースケを狙って噛みつこうとしてくるだろうから、取り付かれないようにするのじゃぞ」

「そっか－。どうするかな。武器は架台付きの軽機関銃にするとして……」

と、悩みながら試行錯誤しつつああでもないこうでもないと迎撃拠点を作ること三十分ほど。

「よし、こんな感じで」

俺が作り上げたのはトーチカのような構造物であった。強靭な鉄筋コンクリートブロックで造られた構造物の耐久性は折り紙付きだ。飛翔するバッタに対応するために半地下構造ではなく、銃眼は少し高めの位置に作ってある。銃眼に備え付けたのは銃士隊仕様の7．92ｍｍ軽機関銃だ。12．7ｍｍの重機関銃にしようかとも思ったのだが、万が一流れ弾がグランデに当たると大変なことになるので、こちらにした。バッタの大きさから考えてもオーバーキルになりそうだし。

「というか、流れ弾対策は大丈夫なのか？」

「さっきのでかいのは当たったら妾でも危ないが、こっちの小さいのなら大丈夫じゃ。それに、全部妾が始末してしまえば良いんじゃろ」

「そうだな」

ニヤリと笑みを浮かべるグランデに盛大なフラグ臭がするが、ここは敢えてスルーしておこう。キュレオンの町だって防衛戦力が皆無というわけでもないだろうから、多少は漏れても大丈夫だろうし。

「ところでコースケ」

「ん？　どうした？」

「妾、小腹が空いたのじゃが」

「なるほど。チーズバーガーとパンケーキ、どっちがいい？」

「両方」

「ＯＫ」

戦闘前にまずは腹ごしらえ、ということで迎撃拠点の外にテーブルと椅子を出して軽食を取ることにした。俺はチーズバーガーだけだが、グランデは両方食べるらしい。今日は俺達の都合で引っ張り出すことになったわけだからな、たんとお食べ。

「むぐむぐ……」

「急ぐな急ぐな、取らないから」

「でも、口いっぱいに頬張るのが美味しいのじゃ」

「それは確かに。幸せな気分になるよな」

同意する俺にコクコクと頷くグランデの口元をナプキンで拭いてやる。グランデ的にもパンケーキはデザートという認識があるようで、まずはチーズバーガーをむしゃむしゃと頬張っておられる。美味しそうに食べてくれるなぁ。

◆
◆
◆

「なんだこれは……？」

「お前達は？　こんな場所でのんきに食事など、何を考えている？」

グランデがチーズバーガーを食べ終えてパンケーキの攻略に取り掛かった頃、キュレオンの町から来たと思われる兵士、或いは衛兵だろうか？　武装した男達が数人、俺の建設した迎撃拠点のもとへと訪ねてきた。彼らは見たこともない建材で造られたトーチカと、その直ぐ側でテーブルセットを設置して食事をしている俺達を見て困惑しているようだ。

「グライゼブルグに救援要請を出しただろう？　俺達はそれで派遣されてきた先遣隊みたいなもんだ

よ。二人だけだけど」

「二人だけだと……？　解放軍はキュレオンの町を見捨てるのか⁉」

俺の話を聞いた兵士が取り乱して叫ぶ。良い鎧を着ているな。もしかしたらキュレオンの町のお偉いさんなのかもしれない。

「そのつもりなら俺達を派遣することはないから。言っただろう、先遣隊だって。じきに後続がこっちに来るよ。それまで俺達がバッタの相手をするから」

「馬鹿な、たった二人で何ができるというのだ。そちらの娘など、まだ子供ではないか」

「ふむ。確かに妾の見た目は小さいの」

兵士の言葉に素直に頷きながらグランデがフォークを使ってパンケーキを一口サイズに切り取り、口に運ぶ。あのごっつい爪の生えた手でよく器用にフォークを使うものだ。

「見た目は小さいけど、この子はれっきとしたドラゴンだからな。無礼な口をきくとドラゴニス山岳王国とか、ドラゴン信仰のリザードマンがマジギレするから言葉には気をつけたほうが良いぞ。本人は温和だから暴力に訴えることは殆どないけど」

「そりゃのぅ……」

グランデからすれば大抵の人族など気にかける必要もない、取るに足らない相手なのだ。そのような相手が多少キャンキャンと吠えたところで気にもならないのだろう。

「いや、それは、しかし……」

良い鎧を着た兵士、いや騎士か？　何にせよ自己紹介くらいはしておくか。

「俺は解放軍所属の1……公式な立場というか役職がねぇな？」

「む、そうなのか？　あんなにあくせく働かせとるのに、あやつらも存外粗忽《そこつ》というか、抜けておるの」

「うん、なかったような気がする。まぁ、解放軍の中でも割と偉い方というか、特殊な立場のコースケだ。こっちはグランデ。人化したグランドドラゴンだ」

「うむ、妾の名はグランデじゃ。図体がかなり小さくなったから、信じられんのも無理はないがの。別に信じなくても気にはせんから、好きにするが良い」

「う、うむ……私はキュレオンの衛兵隊の隊長で、ブレナンという者だ。後ろの二人は部下のユーグとテルスだ」

「ユーグです」

「テルスだ」

カイゼル髭の騎士がブレナン隊長、温和そうな槍兵がユーグさん、目付きの鋭い盾持ちがテルスさんだな。

「今からバッタ駆除するけど、お三方はどうする？」

「今から？　たった二人でか!?」

「俺はここに籠もってキュレオンの町に向かおうとする討ち漏らしを削る担当。基本はグランデが一人でやる」

「「「？？？」」」

俺の説明に三人はとてつもなく困惑していた。まぁうん。わからないでもない。逆の立場だったら俺も同じように思うだろう。でもそれが一番効率が良いのだから仕方がないんだ。魔煌石爆弾で吹き飛ばすのはやめろって言われたからな。

「うーん、どうすれば良いと思う？」

「どうもせんで良いじゃろ。妾達は妾達で勝手にやるだけじゃ。そもそも助けを乞うてきたのはこ奴らなのじゃろ？　なら乞われたこちらがどのように動こうとも、こ奴らに口出しされる謂れはないと思うがの」

「それもそうか。じゃあそういうことで」

「うむ、では行ってくるぞ」

生クリームの付いた口元を拭いてやると、グランデは竜翼を広げて森の方へと飛び立っていった。

俺はそれを見送ってからトーチカに設置した鉄製の重い扉を開ける。

「俺は迎撃準備に入るんで、皆さんは町に戻ったほうが良いと思うよ」

「い、いや待て！」

「いや待たないし。あと悪いけどこのトーチカ一人用だから」

そう言って扉を締め、閂《かんぬき》をかける。本当は俺を含めて四人くらいは余裕で入れるが、バッタの迎撃に集中している時に、血迷った彼らに後ろから襲われでもしたら大変だからな。ここは心を鬼にして締め出すとしよう。

彼らが俺を襲う理由はないかも知れないが、俺が使う軽機関銃の威力に目が眩んだり、俺を人質にしてグランデに何か言うことを聞かせようとしたりするかもしれないからな。現時点で彼らを信用するのは無理な話だ。

「さぁて、やりますか」

銃架に黒鋼製のヘビーバレルを装備した亜人仕様の軽機関銃を設置し、初弾を薬室に送り込む。グランデが上手くやってくれれば良いんだけどな。

◆◆◆

軽機関銃に初弾を送り込み、一分もしないうちに前方の森に異変が起きた。いや、それより先に地面が揺れ始めたのだ。地震か？　などと思っているうちに森が蠢《うごめ》き出した。まるで呼吸をするかのようにバキバキ、メキメキ……と音を立てながら隆起と沈降を繰り返したかと思うと、突然爆《は》ぜた。

いや、爆ぜたというのは正確な表現ではない。土色の無数の棘が広大な森からまるで毬栗《いがぐり》か何かのように突き出したのだ。一体何が起こっているというのだろうか。あれがグランデの仕業であるということは間違いないと思うが……まさかあの無数の棘一本一本に暴食バッタが突き刺さっているのか？

首を傾げているうちに土色の棘がポロポロと崩れ落ち始め、再び音を立てながら森が蠢き出す。あの森の中に暴食バッタの群れがいるなら、あれだけの騒ぎの中で大人しくしているとも思えないのだが、一匹も飛んでこない。まさか先程の一撃で仕留めたのだろうか？

暫く蠢く森を観察していると、トーチカの入り口の扉が叩かれ始めた。

「おい！　開けてくれ！　一体何が起こっているんだ⁉」

「うるせぇなぁ……」

心の中で盛大に舌打ちをする。何が起こっているかどうかなんて見ての通りだろうが。俺だって見たこと以上のことは知らんよ。

「おい！　さっきの子は無事なんだろうな⁉　お前、こんな安全なところに隠れてあの子を見殺しにしたんじゃないだろうな⁉」

ああ、なるほど……俺がグランデを突っ込ませて自爆でもさせたと思っているわけだ。グランデがドラゴンだと説明はした筈だが、そう簡単に信じられるものでもないか。

「何が起こってるかは俺も見たまましかわからん！　だが、グランデは無事だと思うぞ！」

「思うってお前……！」

「もし無事でないなら、後始末をつけるのは俺だ。グランデが戻ってくるまで一瞬も気を抜けないんだよ！　だから黙ってるか、町に戻るかしろ！　こう言っちゃ悪いが邪魔だ！」

まだ何か言おうとする扉の外の男にそう怒鳴り返し、軽機関銃の照準越しに蠢動《しゅんどう》を続ける森を睨みつける。グランデが無事だと俺は信じているが、いずれにせよ討ち漏らしがあった場合には、俺がその始末をつけるのがグランデと取り決めた役割分担だ。どれだけ心配でも俺がそれを破るわけにはいかない。

そう考えながら警戒すること十分が過ぎ、十五分が過ぎ……森の蠢動が収まった。半分以上の木が暴食バッタによって食害を受け、禿《は》げかかっていた森から小さな影が上空に飛び出す。当然、俺はその影に照準を向け、そしてすぐに照準を外した。その影が竜の翼を持つ小さな人影だとすぐにわかったからだ。

軽機関銃の架台をインベントリに収納し、ヘビーバレル化によって重量の増した軽機関銃を担いでトーチカの外へと出る。

「……」

「……」

扉の外にはカイゼル髭の騎士——ブレナン隊長とその部下、槍兵のユーグと盾兵のテルスが待ち構えていた。互いになんとなく睨み合う。

「終わったのか?」

「そのようだ。森からグランデが飛び出してくるのが見えた。直に——」

ズドォンッ! と土煙を上げて近くに何かが落下してきた。落ちてきたものの正体はわかりきっている。

「帰ってきたみたいだ」

「終わったぞ。久々だからと張り切ったら、やりすぎてしもうたわ」

そう言ってグランデは身を震わせて身体についた土をふるい落とした。不思議とそれだけで土に汚れた服すらも綺麗になる。

俺はその姿を確認してから、肩に担いでいた軽機関銃をインベントリに収納した。

「派手にやったな。全滅か？」

「うむ、抜かりはないぞ。というか、やりすぎてしまってな。森をガタガタにしてしまったのじゃ。奴らを始末するよりも森を整えるのに時間がかかった」

「なるほど……よくやった。ありがとうな、グランデ」

「むふふ、このようなことならお茶の子さいさいじゃ。この程度のことならいくらでも頼るが良い。久々に全力で魔法を使うのは気持ちよかったのじゃ」

トテトテと歩いてきたグランデの頭を撫でてやると、グランデはニヨニヨとしながら俺の胸元に頬というか頭を擦り付けてきた。今回は一応戦闘になるかもしれないので革鎧を身につけてきたのだが、それが幸いしたな。革鎧を着ていなかったら、このゴリゴリと擦り付けられる角のせいで悶絶していたかも知れない。

「バッタの死体はどうしたんだ？」

「ついでじゃから森を整える時に全部森の地面に埋めてきたぞ。良い養分になるじゃろ」

「なるほど。抜かりないな」

「そうじゃろうそうじゃろう」

と、そんな俺とグランデのやり取りを、ブレナン隊長達がなんとも言えない微妙な表情で聞いている。起こっていることへの理解が追いつかず、どう判断したら良いかわからなくなっているんだろう。

「バッタの脅威は去ったようだが、確認が必要だろう？　こっちはグランデが確認したが、そっちでもな」

「う、うむ。それはそうだな……その、本当に――いや、なんでもない。あれに巻き込まれて無事とは思えんしな」

本当に全部始末したのか？　と聞こうとして思い直したらしい。確かに、あの広い森の至るところから無数の棘が飛び出したのだ。あの魔法がもしキュレオンの街中で放たれたら？　無数の暴食バッタを一撃で全滅させるような広範囲殲滅魔法だ。キュレオンの町も暴食バッタ達と同じような運命を辿るかもしれない。つまり、俺達の機嫌を損ねるのは彼らにとって非常に危ないということだ。

「こちらから調査の人手を出すことにする。お前――いや、あなた達はこの後……？」

「追って軍がこちらに到着する予定だから、この辺りに宿舎を用意する。構わないか？」

「ああ、それは構わないが……宿舎を？」

「そうだ。俺があっという間にこいつを作ったのは知っているだろ？」

「なるほど……何か必要なものはあるか？」

「特にはないな。軍と一緒に新生メリナード王国の文官やアドル教の聖職者達が来るから、事務的なやり取りはそっちが担当だ。俺とグランデは新生メリナード王国の厄介事解決担当だから。ああ、でもキュレオンの町で何か名物的な食い物とか、調味料とか、名産品とか、そういうのがあるなら買わせてもらいたいね、個人的には」

俺の申し出にブレナン隊長は変な顔をした。覚悟を決めて何か差し出そうとしたのに、何か美味い名産品があれば、などと言われて面食らったのかも知れない。

「なんというか、不思議な人だな。コースケ殿は」

「それはそうだろうの。世界広しといえど、妾のようなドラゴンを従えているのはコースケぐらいのものじゃ」

「グランデ、俺とお前は主従の関係じゃあないだろ。対等なパートナーだ」

「おお、そうじゃったのう。むふふ」

グランデが程よい力加減で俺の腰にギュッと抱きついてくる。ははは、可愛い奴め。

「あー……では、我々は一度報告と準備のために町に戻るとする」

「ああ、気をつけてな。すぐそこだけど」

ヒラヒラと手を振ってブレナン隊長達を見送る。その後ろ姿が小さくなった辺りでグランデの両頬に手を添えて上を向かせる。

「むにゅ？」

「怪我はないか？　身体の調子は、おかしなところは？」

「なんじゃ、心配してくれたのか？　何の問題もないぞ。寧ろ久々に全力で魔法をぶっ放すことができて身体の調子が良いくらいじゃ」

「そうか。ならいいけど……無理はするなよ？」

「大丈夫じゃ。心配症じゃのう、お主は」

グランデはからかうような口調でそう言うが、なんだか嬉しそうな表情である。そりゃお前、あんな凄いよくわからん大魔法とやらをこんな小さな身体でぶっ放したんだから、心配するのは当然だろう。

最後にワシワシとグランデの頭を撫でる。

「それじゃあ後続のダナン達が滞在するための野営地というか、宿舎をパパっと作るとするか」

「うむ。妾達の寝床もじゃぞ」

「そうだな。このトーチカを改造するか、建て直すか……」

内装を整えれば十分に住めるようになるだろうが、風呂とかもつけるとなると大改造になるな……それなら潰していつもの高床式宿泊施設を作ったほうが手っ取り早い気がする。

「何にせよダナンに報告しておくか」

「そうじゃな」

俺はインベントリからゴーレム通信機を取り出した。この距離ならダナン達には問題なく届くはずだ。暴食バッタの討伐を報告して、こちらに来る人員の数を確認。それから宿舎を建設したほうが無駄がないだろう。

◆
◆
◆

ゴーレム通信機を使いグライゼブルグのダナン達に暴食バッタの駆除完了報告をして、二日ほどの時間が過ぎた。なんでもグライゼブルグから移動するために色々と準備が必要だそうで、即出発とは行かないらしい。

こちらで暴食バッタを殲滅したその日のうちに宿舎などの建設も終えていた俺とグランデは、キュレオンの町で待ちぼうけである。ササっとグライゼブルグに戻ることも考えたのだが、キュレオンの町は元々グライゼブルグの次に訪れる予定だった場所である。

グライゼブルグに戻ってもまた来ることになるので、戻るのも無駄が多い。そういうわけで、俺とグランデは二人きりで昼寝をしたり、散歩をしたり、キュレオンの町に出かけたり、夜はイチャイチャしたりしてダナンやエレン達の到着を待っているのだった。

「うーん、優雅」

「暖かくて最高じゃの」

グランデが日向ぼっこをしたいと言うので、高床式宿泊施設を少し拡張してかなり広めのサンルームを作ってみたのだが、これが予想以上に暖かい。もうじき冬になるというのに、このサンルームの中は初夏のような暖かさである。試行錯誤の結果、サンルームのガラスを二重構造にすることによって断熱性が飛躍的に向上したのだ。

「というか、日に焼けそう」

暑いので俺はパンツ一丁である。隣で日向ぼっこしているグランデに至っては全裸だ。流石にこんな明るいうちから全裸はいかがなものかと思ったが、ここは高床式宿泊施設のサンルームなので、空でも飛ばない限りは誰かに見られることはない。そもそもキュレオンの町の外なので、人がいない。何の問題もなかった。

「人間の肌は脆いのう」

そう言ってグランデがごっつい爪で俺の胸板をちょんちょんとつついてくる。やめなさい、チクチクするから。

「日焼け止めでも塗るかな」

「ひやけどめ？」

「日に焼けてヒリヒリしたりするのを抑える薬だ」

サンルームを作ろうとなった時に予め作っておいたのだ。グランデの日向ぼっこに付き合うことになるのは予測できていたからな。いくつかの薬草とスライム素材を原料として調合作業台で作ることができたのは幸いだった。

「とろりとしておるの」

「肌に塗る薬だからな。これを満遍なく全身に塗る……うぉっ、つめてぇ」

ジェルというか油のような質感の日焼け止めを塗る。しかし背中には塗りづらいな。こちらを見ているグランデにちらりと視線を向ける。

「塗るのを試しても良いが、その柔肌が爪痕だらけになると思うぞ」

「ですよね」

頑張って自分で全部塗った。

「次は妾じゃな」

「塗るのか？」

「折角じゃからな。ほれ」

そう言ってグランデが両手を広げる。グランデは肘から先、膝から先はごっついドラゴンみたいな手足になっているが、それ以外は人間と殆ど同じだ。しかも今のグランデは全裸である。フルオープンである。

「俺が？」

「そりゃそうじゃろ。妾の手では塗れんし」

「そうだな」

シミひとつないグランデの綺麗な肌に日焼け止めを垂らし、手で塗り込んでいく。

「んっ……ひゃっこいの」

「最初だけだ」

「そうじゃの。ほれ、今更遠慮する間柄でもなかろ？　丹念に頼むぞ」

俺に日焼け止めを塗らせながらグランデがニヤニヤとした笑みを浮かべる。なんだ？　挑発してるのか？

「それじゃあ遠慮なく」

「んふふ……凹凸は少ないが、妾の身体も捨てたものではないじゃろ？　背徳感？　というのを武器にするのだとアイラが言っていたでな」

「なんという知識を共有しているんだ……」

どこか遠くでアイラがビシッと親指を立てている気がする。

まぁ、その……なだらかなボディラインだとか、すべすべのお肌だとか、こうして触ると薄っすらと感じられる肋骨の感触だとか、意外ともっちりなお尻だとか、シルフィのようなメリハリのはっき

りとした身体にはない別の魅力があるのは確かだけども。

「ほぉれ、御開帳じゃぞぉ?」

「コースケ?　こちらで――」

その時がちゃり、と音を立てて扉が開き、エレンがサンルームに顔を覗かせた。彼女の視線の先には全裸で何をとは言わないが御開帳しているグランデと、それを至近距離で見せつけられている俺の姿。更に互いの裸体は日焼け止めによってぬるぬるてかてかと光っている状態。

俺の息子?　そりゃ僕は健全な男性ですから。つまりね?　まぁそういうことで。

「……あらあら」

「……まぁ」

「……ふぅん」

エレンが貼り付けたような笑顔で、その後ろから顔を覗かせたアマーリエさんとベルタさんもそれぞれ同じような笑顔を俺に向けてくる。さて、どうしたものか。

「……三人も一緒に日向ぼっこは如何かな?」

「そして私達三人もその卑猥な粘液塗《まみ》れにするんですか?　この変態」

「健全な反応をしているだけだ。というか、俺とグランデはそういう関係なわけだし、これで責められるのはなんだか釈然としないぞ?」

俺とて言われてばかりではない。そしてこの程度のことで狼狽《うろた》えるほど経験不足でもない。

「そうじゃな。お主らも羨ましいなら交ざれば良いではないか」

「なっ……!?」

俺の反論とグランデの援護射撃が予想外だったのか、エレンが顔を赤くして仰け反る。しかしグッと堪えて持ち直した。

「慎みというものを持つべきです。明るいうちからそのような卑猥な――」

「産めよ、増えよ、地に満ちよと、お主らの経典にも書いてあるではないか。それに伴侶と情愛を育むのに昼も夜もあるまいて」

「ぐっ……!?」

実は暇を持て余しているグランデは結構な読書家である。アイラやメルティから本を借りて色々と読み漁っていたりする。特に読む本の傾向は選ばない雑食性のようだったが、どうやらその食指はアドル教の経典にも伸びていたらしい。

「う、うーん……ちょっと恥ずかしいですけれど」

「まぁ、折角ですし」

旗色の悪さを感じたのか、アマーリエさんとベルタさんがそう言いながらリビングの方へと退いていった。向こうで脱いでくるらしい。

「う……うぅーーっ！」

エレンも顔を赤くしながらサンルームから退散していった。ふっ、勝ったな。

◆　◆　◆

「朝から疲れた表情だな」

俺は一人。相手は四人。一人はなりは小さいながらも体力オバケのドラゴンで、他三人は回復の奇跡の使い手。疲れるのも当たり前であった。だが、俺は後悔していない。俺は開き直ることにしたのだ。

「ははは……色々あってな」

翌朝。宿舎区画に作った会議室で俺はダナンと会っていた。昨日は到着直後に俺はエレン達も含めて宿泊施設に籠もってしまった。それによって何か迷惑をかけたんじゃないかと心配していたのだが。

「まぁ、そこに深入りするつもりはない……ところで色々と助かった。礼を言っておく」

「宿舎の件か？　それなら——」

「いや、キュレオンの町の件だ。キュレオンの町は元々グライゼブルグと同調して我々に対してあまり好意的ではなさそうな感じだったんだが、昨日接触してみたらそれはもう全面降伏といった感じでな」

「全面降伏？」

聞き返した俺にダナンは重々しく頷いた。

「うむ。グラットナスグラスホッパーの群れを一撃で仕留めて、その上瞬く間にあんな施設——つまりこの宿舎群を作り上げるような新生メリナード王国と解放軍に敵対なんてできるはずがないとさ。コースケとグランデが力を見せつけてくれたお陰で最初から従順で色々と捗《はかど》っている」

「なるほど。まぁ当初の目論見通りかな？」

俺とエレンを伴った今回の遠征は新生メリナード王国の威信を高め、国内の平定を進めるための布石である。キュレオンの町と一戦交えずに支配下に組み入れることができた今回の件は結果としては上々であったと言えるだろう。

「そうだな。今回のバッタ騒ぎは予想外のハプニングだったが、結果的には新生メリナード王国の評判を高めることになるだろう。実際に手を下したのはコースケとグランデのたった二人だが、新生メリナード王国は必要とあらば、その二人を迅速に目標へと投入することができるのだとキュレオンの町は認識したわけだ」

「そしてそれは噂となって方々に散っていくと」

「そういうことだな。遠くに行くにつれて情報の精度は落ちるだろうが、その情報は新生メリナード王国の威信を高める。そして恭順する街や村が更に増えるわけだ」

「なるほどな。じゃあ更に追討ちをかけていくとしますかね」

「そうしてくれ」

◆　◆　◆

キュレオンの町は完全に新生メリナード王国に恭順する形となった。メリナード王国領に関しては、俺達だけでなく各方面で平定を進めているので、全ての都市や町が新生メリナード王国に従うことになるだろう、というのは既定路線である。

アーリヒブルグ以南のメリナード王国南部はとうの昔に解放軍が勢力下に置いているし、以北に関してもメリネスブルグまでの進行ルート上にあった砦などは軒並み壊滅させ、町も全て落としていた。その上でメリネスブルグに駐屯していた聖王国軍を全滅させ、聖王国本国から派遣されてきた討伐軍も壊滅させせた。事実上、軍事的な意味でメリナード王国内には解放軍に対抗できる勢力は存在しない。聖王国軍の残党はいないでもないが、こちらも殆どの場合は即座に降伏することが多かった。たまに降伏するくらいなら玉砕するのみ、と戦いを仕掛けてくる連中もいるようだが、そういう連中はグライゼブルグの某司祭だか司教だかと同じ運命を辿ることになる。

「人族は面倒臭いのう」

「仕方がないだろう。好きな時に獲物を狩って、どこでも自由に寝床を作って生活できるドラゴンとは違うんだ。人族は一人じゃ弱いから、集まって力を合わせる。そうすると派閥ができる。派閥が複数できれば利害関係が生まれて争いが起こるんだよ」

「全員が一つの集団として纏まればいいんじゃろうがの」

「なかなかそう上手くは行かないだろうな。結局はその集団のトップになりたい人間が集団内に複数出てきて、派閥を形成するんだろうし」

「面倒臭いのう」

心底面倒臭い、といった様子でグランデが大きな溜息を吐いた。

「稀人とドラゴンが人族の社会体制について真面目に議論しているというのは、なかなかにシュールな光景ですね」

「お伽噺に出てくる存在の中でもトップクラスの人気を誇りますものね、稀人とドラゴンは」

「この光景を絵本にしても人気は出そうにないけれど」

厚手の絨毯の上に並んで寝そべっている俺とグランデを見ながら、エレン達が好き放題に言っている。キュレオンの町でやることも大方終わったからゆっくりとくつろいでいるだけなんだけどな。

ここ数日、色々な意味で奔放なグランデと一緒に過ごした影響か、エレン達からはなんとなくだが固さのようなものが取れたようだ。前は朝でも昼でも夜でもピシっと僧衣を着込んでいたのだが、今はだいぶラフな格好でテーブルに着いて寛いでいる。流石に絨毯に寝っ転がるような真似はしないようだが。

「床に寝っ転がるなんてお行儀が悪いです」

「文化の違いだな。俺の住んでいた国では基本的に家の中では靴を脱いで、敷物を敷いた床の上に座ったり、寝転んだりするのが普通だったんだ」

「良い文化じゃな。妾にはコースケの国の流儀のほうが合っておる」

翼を器用に畳んだグランデが、ごろんと転がって俺にピッタリとくっついてくる。グランデは尻尾もあるし、元々が元々だからかあまり椅子に座るのを好まない。そんなグランデには、この日本式の寛ぎ方が大層肌に合うようであった。

そんな風に身を寄せあっていちゃいちゃする俺とグランデが羨ましくなったのか、エレンが靴を脱いで絨毯の上に上がってきた。そして徐《おもむろ》に俺の背中側に寝っ転がってピッタリとくっついてくる。

「行儀が悪いのではなかったか？」

「むぅ……良いんです」

僕は背中が大変幸せで結構です。文句などあろうはずもない。

そんな感じで昼間は働き、日が落ち始めたらこの高床式宿泊施設に戻ってきて寛ぐという大変優雅な生活を送っていると、メリネスブルグのシルフィから連絡があった。

帝国の使者がメリネスブルグに来たので、戻ってきてほしいと。

Different world
survival to
go with the master

第七話
東からも来訪者

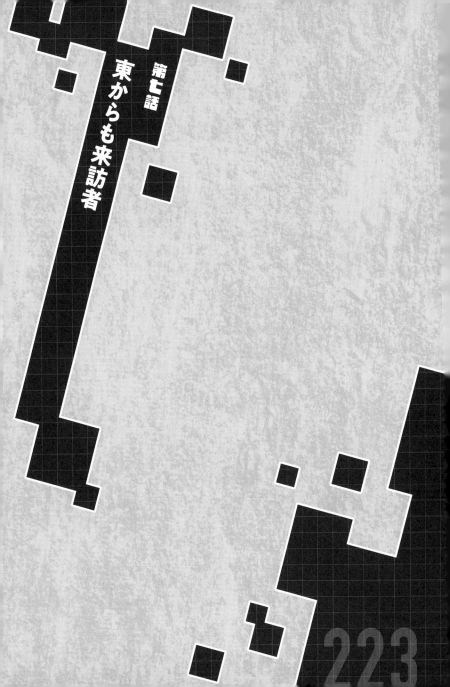

「帝国からの使者ねぇ……どう思う？」

シルフィとの通信を終え、エレンに聞いてみる。通信を聞いていたエレンは既に難しげな表情をしていた。

「早すぎますね。メリナード王国の情勢が聖王国を挟んだ向こうにある帝国に伝わるには数ヶ月か、下手をすれば半年はかかる距離です。しかもそれだけの期間と距離を経由すると、情報も不確かなものになるはずですから……」

「情報が向こうに伝わって、それを検討して使節団を編成し、そしてメリナード王国に向かわせるとなると……どう考えても計算が合わないよな」

解放軍がメリネスブルグを占拠して聖王国からの討伐軍を撃退してから、まだ半年どころか一ヶ月ほどしか経っていない。アーリヒブルグを占拠してから、という話だとしても半年は経ってない筈だ。

「そうなりますね。ですが……」

「ですが？」

「帝国のすることは予想が付きませんから。一見無駄で無意味な行動に見えるものが後々の布石だったり、相手の意図を潰して失敗させた筈なのに、その失敗に見えた行動が後の布石になっていたりという感じで」

「なるほど。それはつまり現地に向かってその使者とやらと顔を合わせないことには始まらないと言うか、考えるだけ無駄ということだな？」

「そうなりますね」

よくわかった。で、だ。

「俺はグランデと一緒にメリネスブルグに戻ることになるけど……」

「私も一緒に戻ります……と言いたいですが、ダナン様だけにこちらを任せるわけにはいきませんから」

「アドル教側のまとめ役も必要だものな」

「はい。私達はこちらに残ります」

エレンがそう言いながらアマーリエさん達の方に視線を向けると、アマーリエさんとベルタさんも頷いた。

「妾はコースケを運べば良いんじゃな？」

「頼めるか？」

「うむ、造作もないぞ。すぐに飛ぶか？」

「いや、ダナンに一言断ってからにする。というか今すぐ飛んでいったらダナン達が干上がる」

エアボードを使ってある程度の物資などは運んでいるが、俺が持っている量のほうが遥かに多い。グライゼブルグで活動している時に倉庫を作って物資の集積はしておいたが、ダナンに確認をしておいたほうが良いだろう。

「そうしてください。国内平定の為に動いている私達が資金難や食料難で立ち往生なんて笑い話にもなりません」

◆　◆　◆

ダナンとの話し合いを終え、いくつか新しく建てた倉庫に食料武器矢玉弾薬その他の補給物資をぶちこみ、事務方に宝石の原石やミスリルなどの換金性の高い物資や現金などの活動資金を渡した俺は、グランデと共にメリネスブルグへと飛んだ。ザミル女史もついてこようとしたが、エレン達の護衛に残ってもらった。あっちに戻れば警護の手に関してはいくらでもあるしな。

しかしエアボードもなかなかに足が早い乗り物だが、流石に空を飛ぶグランデとは勝負にならないな。あらゆる地形を無視し、高速で飛行するわけだからな。

そのうち飛行機めいたものも作ってみたいなぁ。風魔法を使った推進装置はあるんだから、あとは浮力をどう確保するかだよなぁ。やっぱり魔法的な手段を用いるのがベターだとは思うんだけど。

うーむ、やはりここはファンタジーの定番、飛空艇の開発に着手すべきだろうか？　俺のクラフト能力では流石に大きな飛空艇は作れないと思うんだよなぁ……大型の乗り物を作るための専用作業台のようなものの開発を目指すべきか？

などと考えている間にメリネスブルグが見えてきた。え？　使者については考えないのかって？　エレンをして考えるだけ無駄と言わしめる連中のことに関して、俺が考えても仕方ないよね。俺が帝国について知っていることなんて、聖王国と戦争をしている多種族国家だってくらいのことだし。

ぶっちゃけ聖王国を通っても片道数ヶ月の国なんて、遠すぎて興味も湧かなかったよ。

「コースケ、降りるぞ」

「わかった。気をつけてな」

「うむ、任せておけ」

グランデが降下を開始する。うーん、降下する時のこの内臓がゾワゾワする感じは本当に慣れないな。目的地に着いてから急降下するんじゃなく、目的地に向かって徐々に高度を下げていけばこうはならないんだろうな。今度グランデに提案してみよう。

グランデが着陸したのはメリネスブルグの王城の中庭だ。誰にも咎められることがなかったのは飛んできたのがグランデだとわかっていたからだろう。今後のことを考えると防空体制も整えたほうが良いかな？　流石にまだ早いか？　一応対空機銃や機関砲の開発だけは進めておくとしよう。やんわりと研究開発部にも提案しておこうかな。

「ありがとうな、グランデ」

「これくらいなんでもない。だが何かくれるなら貰ってやらんでもないのじゃ」

「何が良いかな？　よし、これだ」

エルフの蜜酒を作る際に使う花蜜を練り込んだ飴玉をグランデの小さな口に放り込む。こら、バリボリと音を立てて齧るんじゃない。

「歯ごたえが良いの」

「食うものじゃないから。お口の中でコロコロと転がして舐めるものだから、それ」

「もう一個」

「はいはい」

あーんと口を開けてくるので、もう一つ放り込んでやる。だからバリボリと食うなって言ってんだろォン？　と、シルフィが居るであろう執務室に向かいながらグランデとじゃれていると、曲がり角の先からメルティが現れた。

「ヒェッ……」

「ひぅ……」

物凄い笑顔だった。笑顔なんだが、闘気というか怒気が溢れ出している。え？　え？　ナンデ⁉　メルティ怒ってるのナンデ⁉　俺もグランデも悪いことはしてないぞ⁉　ぼくたちわるいこじゃないよ！

「よくもどってきてくださいました」

「お、おう……その、どうした？」

「ついてきていただければわかるかと」

メルティの張り付いたような笑顔が怖い。こころなしか話す言葉すらいつもと雰囲気が違う。なんというか、棒読み？　何かを必死に堪えているのがよくわかる。怯えたグランデが俺の背中に隠れて必死に俺の胴体にしがみついている。尻尾まで俺の足に絡みつけている。怖いのはわかるが、俺も動けないから放して。

怯えるグランデを引きずりながら、怒気の溢れ出ているメルティの後ろをついていく。向かっている先は応接間のようだが……行く手を歩く人々が顔を引きつらせて壁に張り付いたり、急に引き返したり、手近な部屋に避難したりするのを何度も目撃することになった。そして何をやったんですか？

みたいな顔を向けてくる。

俺は何もしてないから。無実だから。だからその可哀想なものを見る目をやめろ。無事を祈ってくれるのは嬉しいけど、なんだか釈然としない。俺は悪くねぇ！　俺は無実だ！

「こちらです」

にこぉ……という笑みを浮かべたままメルティが扉をノックすると、中からシルフィの「入れ」という声が聞こえた。いつものシルフィの声じゃない。滅茶苦茶剣呑な雰囲気の漂う低い声である。

え？　マジでなんなの？　メルティが「失礼します」と室内に声をかけてから扉を開き、俺に例の笑顔を見せたまま中に入るように促す。すごく怖いので入りたくないが、ここで逃げたら後が怖いので覚悟を決めて入る。

そして応接室の中に入り、その中にいたうちの一人を見た俺はショートカットからポンプアクション式のショットガンを取り出し、素早く薬室に初弾を装填した。

「ここで会ったが百年目、ってやつだな」

忘れもしないぞ。そのツラは。

「おおっと、今の俺はヴァリャーグ帝国の使節団の正式な一員だ。そいつの威力は知ってるが、そいつを向けるのは色々と問題があるぞ」

銃口を向ける前にそう言われ、手を止める。俺にそう言って両手を上げ、笑みを浮かべているのは言葉そのままの意味でキツネ顔のクソ野郎であった。

メルティやシルフィが怒気を発している理由がこの上なくよくわかった。シルフィやクソ狐に先に目が行って気づかなかったが、この応接室にはアイラやレオナール卿もいた。どちらも表面上は平静や無表情を装っているが、抑えきれない怒気や敵意が滲み出している。

「久しぶりだな、コースケ。元気そうで何よりだ」

「どの面下げて言ってやがる、このクソ狐が」

俺達の敵意や怒気を一身に受けてなお笑みを浮かべるクソ狐――キュービに俺はそう吐き捨てた。

◆
◆
◆

「……君は随分と嫌われていますね、キュービ君」

「任務の性質上、仕方のないことで」

「君を私に押し付けたアイソート伯爵に文句を言いたい気分です」

キュービの隣に座っているエルフの男性が頭痛を堪えるかのように眉間の皺を揉む。

「えー、事情はシルフィエル女王陛下――」

「まだ正式に王位は継いでいない」

「これは失礼。王女殿下に聞きました。聞きましたがー……ええ、まぁ、残念ながら我々としても彼を貴方達に差し出して笑顔で握手、とはいかないものでして」

エルフの男性がそう言って若干引き攣った笑みを浮かべている。そんな彼――彼だよな？　彼を俺は観察した。見るからに貴族らしいピシッとした服を着込んだエルフの男性だ。俺から見ると若いお兄さんに見えるが、エルフだからきっと俺よりも年上だろう。黒き森のエルフは髪の色が淡い人が多かったが、このエルフの男性の髪の毛は濃い茶色だ。肌の色も若干黄色いかもしれない。同じエルフでも黒き森のエルフとは違った氏族とかそういう感じなんだろう。

「おっと申し遅れました。私の名はキリーロヴィチ、ヴァリャーグ帝国の外交官としてメリナード王国にお邪魔したわけですが……」

そう言ってからキリーロヴィチは、チラリと横に座るキュービや厳しい表情のままであるシルフィの方へと一瞬だけ視線を向けた。

「見ての通りの状況でして、ははは」

「この状況でよく笑えるな」

「道すがら我々も情報をそれなりに集めてきましたからね。聖王国の討伐軍六万を一方的に虐殺できる貴方達を相手に、この状況で抗うことなどできるはずもありませんから。もういっそ笑うしかないでしょう」

キリーロヴィチはまるで緊張した様子もなく、朗らかにそう言ってテーブルの上に置いてあったティーカップに口をつけた。

「私としてはどこか落とし所を探りたいところなのですが、何にせよ当事者である貴方がいないことには話は進まないだろうということで、失礼ながら王女殿下に伏してお願い申し上げまして、コースケ殿にご足労頂いたわけです。お呼び立てしてしまい本当に申し訳ないと思っているのですが、何せこの状況ではこちらから伺うというのも難しく」

「俺を呼びつけた件に関しては気にすることはないけど、落とし所というのはなかなかに難しいな。俺が今すぐそのクソ狐の頭を吹き飛ばして終わりにしても良いんだが？」

「ははは……先程も申し上げましたが、彼を差し出して握手というわけにはいかないんですよ」

「本音を言うと？」

「同じ聖王国を敵とするメリナード王国との親善が私の仕事なのですが、それを邪魔するこの男と、この男を私に押し付けたアイソート伯爵の首をこの手で締めたいですね、ははは」

笑っているが、目がマジである。キリーロヴィチは本当にここに来るまでキュービが俺達に、というか俺に対して何をしたのかということを知らなかったようだ。

「いつの間にか行方不明になってたってことにしたらどうかな？　メリネスブルグに着いて夜に飲みに出かけてそのまま戻らなかったとか」

「うーん、それだと私の管理責任が問われるので避けたいですね」

俺とキリーロヴィチが本気でキュービの始末の仕方を話し始めると、キュービは苦笑いをしながら両手を挙げてみせた。

「わかったわかった、降参だ。本気で消されちゃたまらん。俺の知っていることはなんでも話すから、命だけは助けてくれ」

「調子が良すぎないか？」

「死刑だ」

「死刑」

「死刑ですね」

「死刑であるな」

「すみませんでした」

キュービが床に寝転がって腹を見せてくる。これは獣人式の土下座めいた行為なんだろうか？

「どうする？」

「死刑で良いのではないか？」

「誠意が見えない」

「キュービならいざとなればプライドも何もかも捨てて命乞いくらいするでしょう。服を着ているうちはまだ余裕がありますね」

「こいつの全裸など見ても目が腐るだけなのであるな。誰も得をしないのである」

「非公式とはいえ、一国のトップと外交官の目の前で降伏礼を見せるというのは、それなりだと思うのですが……？」

俺達の反応にキリーロヴィチがドン引きしているが、メルティの言う通りこいつなら自分が生き残るためにはプライドなんぞ投げ捨てて土下座でも腹見せでもしかねないからな。そもそも、仲間を裏切ったこいつに信用などない。そんな奴の土下座や腹見せに一体何の価値があるというのか？

「キリーロヴィチ様、この男は私達に対して最悪の裏切り行為を働いたのです。一つ間違えば私達はコースケを失っていた。コースケは稀人ですが、それ以前にシルフィエル様の伴侶です。この男が裏切った時点で、シルフィエル様とコースケは既にそのような関係だったのです。つまり、この男は一国の王配を拉致し、敵国に売りつけた国賊に等しいわけですね。そのような裏切り行為を行った男を無罪放免で赦せというのは無理があるとは思いませんか？」

メルティがそう言いながらにこやかな笑みをキリーロヴィチに向ける。笑顔だが、怒気と魔力が闘気と化して漏れ出ている。その怒りの矛先が俺に向いていないから平気だが、怒気を向けられているキリーロヴィチは生きた心地がしないのではないだろうか？

「は、ははは……」

メルティに睨まれたキリーロヴィチが曖昧な笑みを浮かべてダラダラと汗を流し始める。あんまりやると気絶するぞ、メルティ。

「とりあえず、どうしてあんなことをしたのかを吐いてもらおうか。洗いざらい。処刑するにしても事情だけは聞いておかなければな」

「命の保証をしないと話さないんじゃないか？」

「なら今すぐにでも殺すだけだ。話せば話すだけ寿命が延びる。話の内容によっては命だけは助けてやるかもしれない。ただし話した内容が嘘だとわかった場合は即座に殺す。逃げれば地の果てまで追いかけてでも絶対に殺す」

シルフィの目がマジである。横で頷いているアイラの目もマジである。あと、さっきからアイラが手で弄んでいるのは首輪だよね。それ、俺がこの世界に来てシルフィに出会ってから村でつけさせられたやつに似てるなぁ。

「実際のところ、コースケとしてはどう考えているのだ？」

「俺か？　俺は……うーん」

俺はキュービを殺したいほど憎んでいるかというと、どうだろうな。あいつに拉致されて箱詰めされている間はぶっ殺してやろうと思っていたが、その後牢にぶち込まれてからはすぐに脱獄したし、ライム達に出会ったし、結果的にエレンにも出会った。もしキュービに拉致されなければエレンとは出会わなかっただろうし、メルティとも今と同じような関係になっていたかどうかはわからないし、グランデにも出会わなかっただろう。

時間と共に怒りが風化したのもあるんだろうが……まぁこいつの顔を見た瞬間にぶっ殺してやるって気持ちが湧いたのは間違いないな。今はちょっと落ち着いたけど。

当時から不思議ではあったんだよな。キュービは殺そうと思えば俺を殺せたのにそうしなかった。わざわざメリナード王国の監督官をしていた白豚司教に俺を預けて、みすみす取り逃した。一体何をやりたかったんだ？　とは常々思ってはいた。

「冷静に考えるとぶっ殺すほどではないように思える」

「ふむ？」

「でもそれはそれとして、全身の毛を刈り込んでやろうとは思う」

そう言って俺はインベントリからこの時のために用意していたバリカンを取り出して見せた。バネ式の手動バリカンで、片手で使える優れものである。仰向けに寝転がって腹を見せていたキュービがビクリと震えるのが見えた。

「ふむ……まずは話を聞く前に毛刈りをするか」

「まずは胴体の目立たない場所を刈る。頭や尻尾、手足の毛を刈るかどうかは話の内容で決める」

「それで行きましょうか」

「そうであるな」

「ははは、バリカンはいくつか用意してあるぞ」

「抵抗するなよ？　抵抗の意思を見せた時点で殺す。私はコースケほど甘くはないぞ」

楽しい楽しい毛刈りの時間が始まった。キリーロヴィチがドン引きしていたが、ことは為された。

◆◆◆

「綺麗に刈るよりも雑にあちこち虫食いにしたほうが良いかな？」

「それも嫌であるが、吾輩なら丸坊主にされる方が嫌なのである」

「レオナールの意見を採用しよう」

方針が決まったので、仰向けに転がって腹を見せていたキュービの上半身の服をインベントリ内に収納し、上半身を裸にしてやる。

「えっ」

その光景を見たキリーロヴィチが驚いた声を上げている。目に見えてさえいれば他人が身につけているものだろうと、俺はインベントリに入れられる。射程は長くないけど対人戦闘には役立ちそうだよな、これ。使うような事態に陥るかどうかはわからんけど。

「まずは我々が本気だということを見せてやろう」

「ん」

シルフィの宣言にアイラが頷き、ジャキンジャキンとバリカンを鳴らす。抵抗したら即座に殺すというシルフィの言葉があったせいか、キュービは無抵抗で胴体の毛を刈られた。

「ちゃんと獣人の男にも乳首はあるんだな」

「当たり前である……」

ちなみに、獣寄りの外見をしているキュービだが、乳首の数は二つであった。まぁ、獣寄りの外見をしている獣人の女性も複乳ではなかったので当然といえば当然か。キュービのような獣人もベースは人間なのだなぁと感慨深く思う。

「さて、とりあえずはこんなものか……さぁ話せ」

「はい……」

胴体の毛をごっそりと刈られたキュービのテンションが、今まで見たことがないくらいに最低だ。耳もパタンと伏せられており、尻尾もだらりと下がって……いや、若干股の間に入っているような気がする。何より目が死んでるな。

ちなみにキリーロヴィチは随分前から沈黙して目を伏せている。せめて見ないでやろうというのが彼の考えであるらしい。目の前で自国民がこのような扱いを受けて黙ってはいられない！ というような向こう見ずな正義感が彼になくて良かったな。もしそんなことを言って暴れ始めたら俺とレオナール卿はともかく、シルフィ達が何をしていたかわからん。

いや、流石に外交特使に手を出すのはマズいから止めるけどね。

「まず、俺はそもそもヴァリャーグ帝国の密偵だったんだ。だいたい十年くらい前にヴァリャーグ帝国から聖王国の属国になっていたメリナード王国に送り込まれた。目的は情報収集と後方撹乱だ」

「それで吾輩達の叛乱に協力したのであるな」

「そうだ。だが三年前――メリナード王国で叛乱を起こした直後に本国から別の指令を受け取った。最優先指令だ。それがコースケに関するものだった」

キュービの発言に首を傾げる。三年前なんて、まだ俺がこの世界に来るずっと前の話だ。その時点で俺がこの世界に来ることを予測することなんて……ああいや、この世界にはあるのか。

「神託とか予言の類か？」

「神や精霊の言葉を受け取ることができるのは、聖王国の聖女や黒き森のエルフだけじゃない。ヴァリャーグ帝国にも聖女や巫女はいるってこった」

なるほど、とキュービの言葉に納得する。

「具体的な神託の内容は俺には伝えられなかったが、俺への指示は単純明快なものだった。黒き森のエルフのもとに現れる稀人を、メリネスブルグの牢にぶちこめば良い。ただ、力をできるだけ削いだ上でという条件があった。それが思いの外大変で苦労する……と思ったんだが」

「それでコースケのインベントリの中身を吐き出させたんだな」

「ああ。まさかあんな簡単に行くとは思ってなかったから、少し拍子抜けだった」

「コースケ、言われているのである」

「ほっとけ」

溜めに溜め込んだ生もの以外の物資を、全部放り出したらどうなるかちょっと見たかっただけだったんだよ。まさか直後にぶん殴られた上に、絞め落とされて拉致されるとは思わなかったわ。あの頃はキュービを仲間だと思ってたしな……あ、なんか怒りのボルテージがまた上がってきた。こいつの毛を刈るだけじゃなくぶん殴りたくなってきた。

「帝国の密偵だったとすれば、逃げた時の転移の魔道具にも納得は行くが……しかし、お前の動きは明らかに聖王国と内通しているものだった。逃走経路に関しても不自然だ。帝国の密偵で獣人のお前が聖王国の方向に逃げるというのは……いや、なるほど」

「聖王国にも当然密偵や内通者がいるわけですね。しかし、デッカード大司教やカテリーナ高司祭にもそれとなく探りを入れてみましたが、あなたのことは何も知らないようでしたが？」

「その二人は懐古派の重鎮だろう？　俺が頼ったのは主流派のお偉いさんだからな」

「主流派も一枚岩じゃないってことか」

「そういうこった」

「なるほどなのであるな。しかし、結果として聖王国は東に帝国、西に我々という敵を作ることになったのである。その聖王国の内通者の狙いがわからんのであるな」

「それは確かに。しかも主流派ってのがわけがわからん」

懐古派ならまだ動機があるかもしれないが、主流派というのは言い換えれば亜人弾圧派だ。メリナード王国がかつての姿を取り戻すのを良しとするのはなんだか辻褄が合わない。

「主流派の中にも色々いるってことなんだろう。俺は詳しくは知ら――」

ジャキンジャキン、とアイラが無言でバリカンを鳴らした。

「次は頭と尻尾、どっちがいい？」

「いや、知らないものは知らない――」

「尻尾にしましょう。獣人というのは尻尾を特に大事にするものですから」

メルティが笑顔でバリカンをジャキジャキと言わせる。確かにここで知らないというのは考えにくいよなぁ？

「待て待て、仮に知っていたとしても知らなくて良いということもあるだろ！　断言しても良い！　知ったとしても得になることなんて何もないから！」

「それは遠回しに知っているということではないか？」

「知らんもんは知らん！　知ってたとしたら素直に話してる！　無理に話しても推測にしかならないし、俺の推測なんて聞いても雑音になるだけだろ！」

「お前の推測を聞かせてみろ。内容の是非については私達が判断する」

「ん、話す」

「本当に推測だからな！　間違っってても知らないぞ俺は！」

キュービは自分の尻尾を抱えながら話し始める。

「内通しているのは若干三十四歳で枢機卿の椅子に座った怪物、クローネ枢機卿だ。奴は熱心な経典主義者なんだよ」

「経典主義者？」

「アドル教の経典の内容を重んじてるってことだ」

「つまり、何かの切っ掛けで今の主流派が重んじている経典の内容が過去に大きく改変されたものだと気付いた？」

「それで帝国と内通してあれこれしていると？　流石に無理筋じゃないか？」

「信仰の力というのは時に理屈を超えるものであるが……」

キューービとアイラの会話を聞いた俺とレオナール卿は、互いに顔を見合わせて首を傾げる。もし仮にそうだとして、そのクローネ枢機卿とやらの狙いが全く見通せない。もし仮にそうだと言うなら、とっとと懐古派に鞍替えすれば良いんじゃないか？　主流派の中で密かに動くことに何か意味があるのか？　わからん。

「だから推測でしかないし、かえって混乱するって言ったんだ……」

尻尾を守るように抱きしめているキューービが呟く。そんなに尻尾の毛を刈られるのが嫌なのか。

「まぁ、他にも聞きたいことは色々とあるが今すぐには思いつかんな……尻尾の毛を刈るのは許してやろう」

「……！」

キューービの目に希望の光が灯る。

「私達はな」

「……ん？」

ギィィィ……と恐ろしげな音を立てて応接室の扉が開く。いや、なんでそんな音が？　さっき俺が入ってきた時はほぼ無音だったよな？

「だが、彼女達は許すかな？」

「「「ピョォ……」」」

扉が開いた向こうには満面の笑みを浮かべるハーピィさん達がいた。全員が怖いくらいに同じ笑みを浮かべている。

「ヒェッ……」

「自分のやったことの重大さを、身を以て知るといい」

「ギャアァァァッ!?」

雪崩れ込んできたハーピィさん達がキュービに殺到する。

およそ一時間後、メリネスブルグ王城の城門に全身の毛を刈られた獣人の男が吊るされた。その首には『私は仲間を裏切りました』という木札が提げられていたという。なお、俺とキリーロヴィチの必死の説得によって、首ではなく胴体に縄がかけられていたことをここに報告しておく。

◆　◆　◆

「さて、キリーロヴィチ殿は確かメリナード王国との友好と親善のために遠路はるばる訪れたという話だったな」

「ええ、その通りです」

ハーピィさん達によってキュービが連れ去られた応接室で、そのままキリーロヴィチと話を進めることになった。キリーロヴィチの顔色がとても悪いように見えるが、きっと気のせいだろう。

「我々に対するヴァリャーグ帝国の工作に関しては、先程の一件でとりあえず水に流そう。お互いにアレに関しては今後言及しない、ということでいいな？」

「ははは……その、一応返していただきたいのですが。お預かりした人員なので」

「その点に関しては承知した。殺しはしないでおくし、最終的にお返しすることも約束しよう」

「使い物にならなくされては困りますので、その点もご配慮ください」

「承知した。それで、来国の目的は親善と友好ということだったが、具体的にどのようなことを考えているのかお聞かせ願えるか？　メリナード王国とヴァリャーグ帝国の間には広大な聖王国の領土があり、また聖王国とヴァリャーグ帝国の係争地になっているアマガラ大平原がある。それらを避けて普通に移動すれば片道で半年ほどもかかる距離なのだが」

シルフィの言葉になるほどと思う。一日で大量の荷物を抱えながら長距離をひとっ飛びできる大型旅客機どころか、陸路をゆくトラックすらない世界だ。この世界における交易というのは馬車を使った交易か、或いは船を使った交易かのどちらかだろう。ただ、メリナード王国には海がない。つまり交易手段は徒歩や馬車に限られる。そんな距離にある国同士が直接貿易をするのは難しいし、情報のやり取りをするにしても届くのは半年後だ。友好を結ぶのが簡単とは到底思えない。

無論、グランデの飛行能力に頼るだとか、輸送用のエアボード量産するだとかやりようはなくもないが、今の所ヴァリャーグ帝国とのやり取りのためにグランデに働いてもらうつもりはないし、エアボードをそちらに回す余裕もないし、技術供与をするつもりもない。

「差し当たっては外交官をここメリネスブルグに置かせていただけないかと考えています」

「ほう、外交官を。その外交官というのはこのメリネスブルグで何をするのかな?」

「基本的には情報収集と分析に当たり、それを本国に伝えるのが役目になります。また、本国から齎される情報を貴方達に伝えるのも役目になりますね」

「それはつまり堂々と置かれる密偵ということではないかな?」

「ははは、確かに外交官のことを名誉あるスパイと呼ぶ方もいらっしゃいますね。ですが、貴方達にも当然メリットがありますよ。我々の目や耳はとても良いのです」

「……なるほど」

それはつまり、ヴァリャーグ帝国の諜報員が手に入れた聖王国の情報を外交官経由でこちらに流すことも可能だということだろう。

前線の情報収集に関しては優秀な斥候を持つメリナード王国の人員で事足りるが、聖王国本国の政治、経済の動きなどに関しては、今の俺達には情報収集をする方法がない。密偵を送り込もうにも、メリナード王国の中核をなす解放軍の主だった人員はほぼ亜人である。いずれ人間の人員も増えてくるとは思うが、それが何年後になるかはわからないし、確度と重要度の高い情報を得られるようになるには更に時間がかかるだろう。

「ふむ……どう思う?」

「俺？　俺はこういう場には殆ど参加してないし、俺が意見を言うのはどうかと思うが」

「良いから、率直な意見を聞かせてくれ」

「うーん……」

　実際にヴァリャーグ帝国の目と耳とやらが必要なのかどうなのか、という観点で考えると俺は微妙だと思っている。それらの情報は聖王国の動きを知る上では、大変なアドバンテージを得ることになるだろうが、少なくとも現時点ではそのような情報などなくとも前線に敵が現れれば急行して撃滅するだけの力を俺達は有しているから。

　ただ、政治、経済という観点において考えれば、ヴァリャーグ帝国とのラインを確保しておくのは有用だ。相手はこの大陸で聖王国と勢力を二分する大国である。当然国際的にも政治的な影響力は大きい。その大国の外交官が滞在しているということはつまり、ヴァリャーグ帝国が外交官を置く必要があると判断するほどの力を、新生メリナード王国が有しているということの証左になる。

　これはメリネスブルグを訪れた他国の人間に一目置かれる要因となるだろう。それはつまり、解放軍とその頭目であるシルフィが再興した新生メリナード王国が、国際的に正当な国家であると認められる大きな助けとなるに違いない。

「……と思う。だから、外交官の滞在に関しては前向きに考えるべきなんじゃないか」

「なるほど、メルティはどうだ？」

「コースケさんにだいたい言われてしまいましたね。加えて言うなら、ヴァリャーグ帝国に私達というか、コースケさんの力を見せつけることは必要なことかと思います」

「危険だと思うのである。ヴァリャーグ帝国への略取や暗殺を誘発する恐れがあるのである」

メルティの意見にレオナール卿が慎重論を唱える。確かにその危険性はあるよな。

「そこは身辺警護をしっかりして対応すれば良いでしょう。差し当たっては私やグランデさん、ザミルさんが常に傍につくようにすれば良いかと。あと、暗殺はともかく略取はかなり難易度が高いと思います」

「実績があるが？」

「コースケさんが中身を全部出すようなことをしなければ大丈夫ですよ」

「反省してます」

以前キュービに拉致られた時のように武器も資材も全部吐き出す、なんて真似をしていなければなんとでもなるだろう。実際のところ、あの時だってレンガブロックや石ブロックとツール類、それに武器があればいくらでも逃げ出せたと思う。

「あの、一応外交特使である私の前であからさまにそういう話は……」

「「「は？」」」

「なんでもありません。はい」

お前んとこのクソ狐がやらかしたんやろがい？　という目で女性三人に殺気を放たれたキリーロヴィチが両手を挙げて全面降伏する。不憫な。

「コースケもああ言っていることだし、外交官の受け入れについては前向きに検討させてもらう。こちらとしてもこの場で即断はできかねるので、返事については数日お待ちいただきたい。その間の宿や食事に関してはすぐにこちらで手配するので、それまでは城内でゆるりと過ごして旅の疲れを癒やしてくれ」

「はい、ご厚意に感謝します」

◆　◆　◆

キリーロヴィチ率いるヴァリャーグ帝国からの使節団はその後、王城に近い場所にある屋敷へと逗留することになった。その屋敷は解放軍がメリネスブルグへ侵攻する直前に夜逃げした聖王国の貴族が住んでいた屋敷で、解放軍がメリネスブルグを占拠した後に接収した物件である。ヴァリャーグ帝国の外交官を受け入れるということになった暁には、そのまま屋敷が大使館になる予定だ。

ちなみに、屋敷の敷地は王城から丸見えである。つまり、何かあれば王城に大砲を設置して、いくらでも砲撃できる場所ということである。銃士隊なら小銃による狙撃も可能かもしれない。まぁ今はそんなことはどうでも良い。重要な話じゃない。

「美味しいですね、コースケ様。次はそちらの料理を食べさせてください」

「えーと……」

久しぶりに帰ってきたのだからとセラフィータさんから夕食にお呼ばれされ、俺がインベントリから出した食べ物でジャンクフードパーティーをすることになったのだが……セラフィータさんが俺にべったりである。何事？　と思うくらい露骨にべったりな上、もの凄く甘えてくる。これは一体何な

のだ？　どうすれば良いのだ!?」

「寂しかったんじゃろ」

俺達を眺めながらグランデがそう言ってハンバーガーを頬張る。冷静な意見ありがとう。しかし寂しかったからといってこれはいかがなものか？　というかそれにしたって何かおかしいだろう。

「お母様……」

「不潔」

「母様……？」

「母上……」

シルフィを含めたエルフのお姫様四姉妹から、羨ましそうな声やら驚いたような呟きやら呆れたようなぼやきやらが聞こえてくる。若干一名俺を罵倒するやつもいたようだが、聞き流しておく。

「コースケさん……」

「流石」

メルティの引き攣った笑みはわからないでもないが、アイラの流石ってのはちょっとわからないぞ。それはどういうアレなんだ？

「あのですね、こういうのは色々と不味いと思うのですが」

俺にピッタリとくっついて甘えてくるセラフィータさんにそう言うと、彼女は目に涙を浮かべて。

「お嫌ですか？」

などと言ってくるので。

「お嫌ではないです」

「良かったです」

セラフィータさんが涙を引っ込めて輝くような笑みを浮かべる。はは、俺の意志の弱さをいくらでも罵倒するが良いさ。でもこれは無理だろう。これで突き放せる男はよほどの冷血漢か何かだと思う。

「一体これは何事なんだろうか……？」

「寧ろ聞きたいのは私達の方なのだが」

「何か怪しげな薬でも使ってるんじゃないでしょうね？」

「天地神明に誓ってそんなことはしていない」

これは本格的にカウンセリングが必要なんじゃないだろうか。いくら俺のアチーブメントが作用しているとしてもこれは異常だ。俺はセラフィータさんのことを深く知っているわけではないが、他人の目を一切考慮せずにこんな振る舞いをする人とは思えない。そうでなければ何か外的な要因があるんじゃないかと思う。

「アイラ？」

「魔法的な観点では異常らしい異常は見当たらない。身につけている装飾品にも魔法の働きは感じられない。正常」

「うそぉん……ドリアーダさん？」

「はい、なんでしょうか？」

羨ましそうな表情をしていたドリアーダさんが、表情を取り繕って笑顔を浮かべる。いや、何で羨ましそうなんですか貴女も。

「エルフの生態的な意味で何か心当たりはありません？　ほら、獣人にあるっていうアレみたいな」

「発情期ですか？」

「折角ぼかしたのに！」

「うーん、エルフに発情期があるという話は聞いたことがないですけど……」

「黒き森の長老からも聞いた覚えがないな」

ドリアーダさんとシルフィが俺の推測を否定する。となると、他には……？

「ライム」

「なーにー？」

にゅるんっ、とどこからかライムが現れる。呼ばれるまで出てこない感じにしなくても、普通に居て良いんだぞ？

「最近セラフィータさんとポイゾが接触してなかったか？」

「んー？　どうだろー？」

「ベス」

「知らないわよ。でも、最近ポイゾは楽しそうだったわね」

「ポイゾ？」

ポイゾは呼んでも出てこなかった。犯人は決まったようなものである。

「ライム、ベス、ポイゾを連れてきてくれ。場合によってはちょっと本気で折檻するから」

「わかったー。けどあとでライムたちにもかまってねー？」

「任せろ」

翌日、ライムとベスによって捕獲されたポイゾがセラフィータさんの相談に乗って『素直になれる薬』を処方したことを白状した。なお、解毒――中和剤を作るよりも薬の効果が切れるほうが早いとのことだったので、効果が切れるまで少し精神的に幼い感じになったセラフィータさんにベタベタされることになった。

なお、効果が切れた後、正気に戻ったセラフィータさんは一週間ほど部屋に引き篭もって出てこなくなってしまった。

◆
◆
◆

メリネスブルグの王城に滞在している時には王城の大食堂で食事を取ることも結構ある。特に朝食や昼食に関してはそうすることも多い。何故なら朝食や昼食に関してはある程度決まった時間の範囲内ならば自由に食事を取ることができるから便利なのだ。俺の場合は朝遅れることが多いからな……寝坊するわけじゃないぞ。色々あってだ。色々。昼も作業で外に出てたりすると遅れることも多いし。

で、まぁ昨日はやらかしたポイゾを追いかけ回したり反省させたり、普通の状態ではないセラフィータさんの相手をしたりしてなかなかに大変だった。

ちなみに、手は出してないからな。時間の問題のような気がするが、まだ手は出してないからな。

「何か疲れた顔をしていらっしゃるようですが……」

「ははは」

ちょうど朝飯を食いに来ていたキリーロヴィチに心配されてしまった。外交使節団には一応料理人も同行していたのだが、逗留先のキッチンの改修や食材の準備などが終わっていないので、しばらくは使節団の人々も王城で食事をとっているのだ……って朝から随分食うね？

キリーロヴィチは身体は細いのになかなかの健啖家であるらしい。声をかけられたのに離れた場所に座るのもなんなので、彼の隣に座ることにする。

「コースケ殿は稀人なのですよね？」

「ええまぁ、そうですね」

「ああ、言葉遣いは気にせず普段通りでお願いします……そう言う私はこんな話し方がもう身に染み付いてしまっているのですが」

「そうか？　キリーロヴィチがそう言うなら遠慮なく。俺のことも呼び捨てで構わないぞ」

「それはどうも。それで、聞きたいことがあるのですが」

「なんだ？」

「稀人の世界というのはどういう場所なのですか？」

「自分の世界がどんな世界なのかって説明するのは意外と難しいんだよなぁ……まぁ、この世界との違いならいくらでも挙げられるけど」

「なるほど……例えば？」

「まず俺がこの世界に来て、即座にこの世界が自分の居た場所と絶対に違う場所だと確信したのは、空の景色だな」

「と言うと？」

「俺の世界には――オミクルだっけ？　あんなにでかい惑星は空にはなかった。ちっちゃい月――ラニクルみたいなのだけだったんだよ。空を見て唖然としたね」

「なるほど……？　私達にとってはあるのが当たり前のものですから、ピンと来ませんね」

「だろうな。あと、俺の住んでいた世界には人間しかいなくて亜人に相当するような人種は存在しなかったし――」

と、今までシルフィ達にも聞かせてきたような話をキリーロヴィチにもする。

「そう言えば、俺以外の稀人はどんな場所から来たんだ？」

と、一通り話したところでキリーロヴィチに過去の稀人についての話も聞いてみた。

「コースケと同じように魔物や魔法の存在しない世界から訪れた稀人もいれば、この世界――リースと同じように魔物や魔法が存在する世界から訪れた稀人もいたようです。物語などで有名なのはヴァリャーグ帝国の祖、始皇帝ヴァリャーグの無二の友、帝国では戦神とも崇められる英雄クロウでしょうか」

「クロウ」

「はい。伝説によるとこの世界に妻と幼い娘と共に迷い込んで来た稀人で、元の世界では一軍を率いる将であったのだと伝えられています。武勇に優れ、将としての才も抜きん出ており、彼の活躍なくしてヴァリャーグ帝国は存在しなかっただろうと多くの人は考えています」

「俺と同じような魔法も魔物も存在しない世界から来た武勇に優れ、将としての経験もあるクロウさん」

もしかしてそれは天狗に鍛えられた経験があって、若い頃に牛若丸と名乗っていた人ではないかな？　ははは、気のせいだよな。うん、きっと気のせいだ。

「ええと、他には？」

「他に有名な稀人と言えば、聖王国躍進の立役者である聖女将軍ジャンヌですか。彼女もまた類まれなる戦術眼と強力無比な鼓舞の奇跡を行使して、聖王国を帝国と比肩する国に仕立て上げた稀人ですね」

「おお……もう……」

俺は思わず両手で顔を覆う。ドストレートな人が来た。どう考えてもフランスのあの人である。間違いなく異端審問によって火刑に処された筈の人が何故こちらに……いやそれを言ったらクロウさんも似たようなものか。もしかしたら他にもノブナガさんとかゴエモンさんとかナポレオンさんとかも来てるんじゃないだろうな？　それに比べると俺は相当見劣りするんですけど？　俺、ちょっとゲームをやり込んでただけの一般人だよ？

「どうしたのですか？」

「その二人にちょっと心当たりが……同郷かも知れない。特にクロウさんは俺の世界の俺の国でも伝説というかお伽噺というか、そういうのに出てくるくらい有名な人かも」

「……コースケはクロウ様と同郷なのですか？」

「その可能性が高そうかなぁ……何百年も前の偉人で、ただ同郷ってだけだけど。源義経、或いは九郎判官義経。俺の国の伝説的な武将の一人かな……千年、までは行かなかったと思うけど、ずっと昔の英雄と同一人物かもしれない。実の兄と仲違いして、謀略の果てに非業の死を遂げた人だよ」

「クロウホウガンヨシツネ……その名前は帝国でも知る人の少ないクロウ様の真名……なるほど」

キリーロヴィチが神妙な顔で頷いた。こころなしか、彼の俺を見る目が変わったように思える。

「聖女将軍とは？」

「そっちは同じ世界でも遠く離れた国の人だな。やはり彼女も非業の死を遂げた人だよ。神の声を聞いて祖国の地を取り戻すために奮戦した女性だ。最後は敵の手に落ち、その祖国に見捨てられて火刑に処されてしまったけど」

「なるほど……その、コースケ殿は……？」

「俺は完全なる一般人。こっちの世界で言えば街に数ある商会のうちの下っ端をやってた普通の人だ。間違っても歴史に名を残すような偉人じゃないから。その人達と比べるとドラゴンとそこらの虫けらくらいに知名度が違うから。殿とかつけなくていいから。元に戻していいから」

真顔で手と首を振ってキリーロヴィチの期待の視線のようなものを真っ向から否定する。源義経とかジャンヌ・ダルクと比べられても困る。

「そうなのですか……しかしクロウ様と同郷とは……」

「ホントに住んでた国が一緒ってだけだからね？　確かあの人は京都の生まれだったはずだけど、俺はもっとずっと北の生まれだし。そもそも年代がかけ離れてる。同郷って言っても広義の意味での同郷ってだけだから」

「しかしこの世界には、クロウ様と広義の意味でも同郷の人間というのは存在しないのですよ」

「そらそうかもしれんけど……はいやめやめ、この話終わり！」

そう言って俺は冷めかけた朝食に手を付け始める。今日のメニューはふかふかのパンに肉入りのオムレツのようなもの。それとオレンジのような果物とキャベツか白菜か何かの酢漬けみたいなものだな。あと野菜とか肉の切れ端が入ったスープ。

「また聞かせてくださいね、クロウ様のお話。元の世界でどのような活躍をした方なのか、ご本人は殆ど語られていなかったので、伝承にも残っていないのですよ。クロウ様の信奉者は帝国に数多くいますので、きっと皆聞きたがるはずです」

キリーロヴィチが自分の朝食に手を付けずに熱心に俺を説得しようとしてくる。必死だなオイ。

「俺の視点から見ても千年近く前の偉人なんだぞ……歴史にはそんなに詳しくないんだが」

「それでもクロウ様がどのような活躍をして、どのように生き、どのように亡くなったとされているのかは伝わっているのですよね？　皆知りたがりますよ。私も知りたいです」

「本当に同一人物かはわからんぞ……それでも良いなら、俺の記憶の限りは教えるけどさ」

「ありがとうございます！」

俺の言葉に、キリーロヴィチが満面の笑みを浮かべる。

「ただし、その分はしっかりメリナード王国に譲歩してもらうぞ。俺から話を聞きたければ、精々頑張ってシルフィに媚を売ってメリナード王国に譲歩してくれ。クロウ様と同郷の稀人である俺しか知り得ないあちらの世界での判官九郎義経の話……決して安くはない情報だよな？」

俺の言葉に、キリーロヴィチが満面の笑みを浮かべたまま凍りついた。ははは、世の中そう甘くはないよ。個人的にキリーロヴィチと仲良くするのは吝《やぶさ》かではないが、それはそれ、これはこれだ。個人的な友人である前にキリーロヴィチは帝国の外交官で、俺はシルフィの伴侶にして未来の王配である。

「コースケ、それはちょっとえげつないんじゃないかな？」

キリーロヴィチの口調が少しだけ砕けた感じになる。それが素か。

「えげつないとか汚いという言葉は褒め言葉だな。クロウやジャンヌの話の対価として向こうの世界のちょっとした話はしただろう？　これ以上は有料となりますってやつだ」

「意外と抜け目がないなぁ……」

「そんなことないぞ。チョロ甘だぞ。頼まれると断れない優しいコースケちゃんということで名が通ってるくらいだ」

「嘘くさい」

「ただし可愛い女の子に限る」

「私は男だけど、それなりの美貌だとは思わないか？」

「俺の場合ＮＧ。可愛い女の子に生まれ変わって出直してまいれ」

「うーん、そういう感じの錬金薬でも調達しようか」

「形振《なりふ》り構わなすぎるだろう……というかあるのかよ、そんなもの」

「そりゃあるさ。優秀な錬金術師なら素材があれば作れると聞いているよ」

「真顔で言うな、怖いから。というかそういうのは間に合ってるからやめろ」

本当にそんなものを使ったキリーロヴィチに迫られたら怖い。

「ははは、コースケが自分で言ったことじゃないか。自分の発言には責任を持たないといけないよ」

「なるほど。わかった、責任を持とう。ただしそれはキリーロヴィチがシルフィやアイラ、ハーピィさん達やメルティ、それにグランデを突破できたらの話になるだろうな」

「……無理そうだ」

「そうだろう。だからやめておけ」

こうしてまさかのキリーロヴィチに迫られるという危機は事前に回避されたのだった。クロウやジャンヌの話よりも錬金薬の話の方が俺にとっては衝撃的だったな。今度アイラにそういうヤバいお薬の話でも聞いてみようかね。

エピローグ～致命的な亀裂～

「馬鹿な！　有り得んッ！」

部下からの情報を聞いた私は思わず叫んでしまった。その叫びを聞いた部下がビクリと肩を震わせる。その様子を見た私は目を瞑り、心の中で聖句を唱えて荒ぶる心を鎮めにかかった。いつもならばすぐに収まる心の荒波が今回ばかりはなかなか収まってくれない。

それもその筈だ。辺境の属国で暴れている賊徒共を誅するために派遣した聖兵六万が初戦で壊滅し、指揮官のエッカルトは討ち死に。クローネの子飼いの聖騎士が兵を取りまとめて聖王国へと逃げ帰ってきたというのだから。最初に聞いた時は冗談かと思ったが、部下に何度聞き返しても事実だという。

「真、なのだな」

「は、はい……ギルギスに辿り着いた討伐軍の生き残りから直接聞き出した情報です」

「なんということだ……」

当初、賊徒共を誅するのに派遣する兵はどんなに多くても二万で足りると思い、そのように手配していた。しかし、珍しくクローネからも協力の申し出があり、念には念を入れてと更にその三倍、六万もの人員を掻き集めた。

賊徒どもが自らのことを解放軍と名乗っていることは知っていたし、既にメリナード王国に駐屯している聖王国の兵に数千単位の損害が出ていること――現地の無能な豚は情報を握り潰そうとしていたが――も把握していた。

同時に、解放軍を名乗る賊徒どもの頭目が黒き森の魔女と呼ばれる黒エルフだということ、そしてその解放軍の中核となっている人物が、三年前にメリナードで王国で起こった叛乱の残党だということも把握していた。

その戦力についても軍部の伝手を使って助言を受けながら、ある程度の算定はしたつもりだ。恐らく敵の規模はどんなに多くとも一千から三千ほど、それ以上はどうあっても養うことができないだろうということであった。

兵というのは基本的に何も生み出さない。運用次第では治安の向上による経済効果や、魔物の討伐による肉類の調達が多少期待できないわけではないが、その効果が維持費を上回ることはない。賊徒どもは、占領した町や農村から資金や食料を調達することによってある程度はそれを賄えるだろうが、それでも維持できるのは一千から三千くらいだろうというのが軍部の見方で、またそれが常識であった。

そういった輩は基本的に練度も低く、装備も襲った村や町から略奪した二線級のものである。そのため、通常であれば正規軍の精鋭が一万もいれば蹴散らすことが可能だ。その筈だ。

「生き残りは……？」

「ギルギスに辿り着いたのは、およそ一万五千弱です。負傷兵と彼らの面倒を見るための兵は行軍が遅れているため、こちらは先行して辿り着いた概ね健康な兵で、総数の約半分ほどだそうです」

「三万ほどもやられたというのか……？　信じられん」

「爆発する魔道具を用いたハーピィの攻撃と、馬なしで動く不可思議な乗り物からの正体不明の攻撃で一方的にやられたという話でした」

「ハーピィの使ったという爆発の魔道具はまだわかるが……正体不明の攻撃というのは何なのだ？」

私は部下にそう問いかけた。

爆発の魔道具というのは、まだ理解ができる。攻撃のために使い捨ての魔道具を多数用意するというのは尋常なことではない。製造にかかるコスト、原料費から考えると不可能ではないというレベルの話だろうが。しかし、攻撃の正体がわからないというのは一体どういうことなのか？

「それがその場に立っていた兵ですら攻撃の正体がわからなかったそうで……激しい雷鳴のような、或いはキラービーの羽音のような音がしたとか、目にも止まらない速度で何かが飛んできたとか、証言内容もバラバラでよくわからないのです。何らかの新しい武器だとは思いますが」

「どのような被害が出たのだ？」

「多くの被害を出した雷鳴のような、あるいはキラービーの羽音のような音を出す武器は、車輪のない馬車のような乗り物に据え付けられており、激しい音と共に火を噴いたかと思うと前衛を務めていた兵がまるで刈られた麦穂のようにバタバタと倒れていったと。金属製の盾を穿《うが》ち、鎧を砕き、兵の身体を貫き、更にその後ろに立つ兵まで殺傷したと……金属の鏃《やじり》のようなものを目に見えぬほどの速度で大量に飛ばしているのではないか、との話もありましたが確証は得られていません」

部下の報告に私は頭を抱えた。話を聞く限りではどう考えても賊徒とかそのようなレベルの話ではない。メリナード王国にいるのはアマガラ大平原に展開している帝国軍の最精鋭部隊よりもたちの悪い何かだ。

「念の為に聞いておくが、敵は何千人だったのだ……？」

「前線に出ていたのは、空を飛ぶハーピィを除けば、兵達を薙ぎ倒した不思議な乗り物だけだったという話です。つまりその……百にも満たぬ数だったようです」

私は天井を仰いだ。

何なのだそれは。私達は一体何を相手にしているというのだ。

「何が起こっているのか調べる必要がある……賊徒に懐古派のデッカードが同行しているという話だったな？」

「はっ、そのようでしたが……」

「ダルトン枢機卿と面会する、先触れを送れ」

私の指示を聞いた部下が急いで部屋から退出していく。

ダルトンは懐古派の元締めだ。最近は秘蔵っ子の聖女を手元から離したせいで勢力を急速に失っている。また、その聖女も随分前にメリナード王国に送っていたということがわかっている。メリネスブルグに滞在していたという話だから、既に聖女の身柄は解放軍に押さえられているだろう。最悪、戦闘に巻き込まれて死んでいるかもしれない。

腹心のデッカードの動きに関しても不可解だ。何故あのタイミングでメリナード王国に向かったのか、そして何故解放軍とやらと行動を共にしていたのか？　聖王国内では懐古派の勢力が急速に失われている。一部では異端として審問にかけようという動きすらある。私もそれを黙認し、不干渉を貫いている立場ではあるが……。

「一体何を企んでいる……？　何を隠して――」

「た、大変です！　クローネ枢機卿が！」

「今度は何事だ⁉　ノックくらいせんか！」

ノックもせずに部屋に飛び込んできた別の部下に私は思わず怒鳴った。しかし、次の瞬間彼の口から飛び出てきた言葉を聞いた私はその言葉の内容を理解できず、三度聞き返すことになったのだった。

◆　◆　◆

「聖王国で内乱？」

「ええ、確かな情報です」

シルフィが聞き返し、キリーロヴィチが至極真剣な表情で頷く。

キュービの毛刈り事件の翌々日。キリーロヴィチ達がヴァリャーグ帝国大使館（仮）に腰を落ち着けたその翌日に、キリーロヴィチがシルフィに謁見を申し込んできた。そうしてもたらされた情報が「聖王国内で内乱の兆しあり。既に事態が動いている可能性が高い」というものであった。

「追い返した討伐軍の敗残兵がそろそろ聖王国に帰着してもおかしくない頃だが……それが切っ掛けになったか……？」

「その可能性はあります。ただ、大規模な軍事衝突が起こる気配はないようで。少数精鋭で要人を暗殺したり、捕らえたりしているようです」

「少数精鋭で支配者層を狙い撃ち……クーデターか。主導者はその少数精鋭を抱え込んでいた大物だな？」

「その通りです。先日うちのキュービが話題に出したクローネ枢機卿ですね。彼は若くして枢機卿に上り詰めた主流派の聖職者の一人で、聖騎士団を取りまとめています。今回の内乱の実行役も聖騎士達だという話ですね」

俺の指摘にキリーロヴィチが頷く。なるほど、だとすると……どうしたら良いんだろうな？　メリナード王国の対応としては。

「今は静観するしかないでしょうね。あちらとの正式な窓口もないですし。デッカード大司教やカテリーナ高司祭のコネクションであちらと接触できないか試してもらいつつ、こちらは聖王国との国境までの実効支配を粛々と進めるのが良いかと」

「ふむ……そうだな。こちらとしてはメリナード王国領を取り戻すことさえできればそれで良い。ではそのようにしよう。デッカード殿にはそのクローネという人物がどのような人物で、どのような目的でクーデターを起こしたのか。可能な限り正確な情報を収集するよう要請しておいてくれ」

「かしこまりました」

メルティの進言にシルフィが頷き、追加で指示を出す。そして俺に視線を……え？　俺？　俺に意見を求めてる？

「いや、俺からは特に何もないぞ。シルフィの言う通り、まずは情報を集めつつ趨勢《すうせい》を見守るしかないんじゃないか？　どう動くにしろ、金とモノはいくらあっても良いものだから、俺はそっち方面で頑張るよ」

「ふむ……そうだな。コースケも私と同じように考えてくれているのなら、それで良い。キリーロヴィチ殿、情報感謝する」

「もったいないお言葉です。まずは有用性をお見せしないと色々と捗りませんからね。また何か情報を掴み次第、ご報告させていただきます」

「期待させてもらおう」

キリーロヴィチが優雅に一礼して退出していく。それを見送り、彼が完全に出ていくなりシルフィが深い溜息を吐いた。

「やれやれ……調べればすぐわかるような嘘を吐くことはないだろうが、頭から信じるのもな。面倒な奴だ」

「早急に裏を取りますね」

「そうしてくれ。仮に本当だったとしても、足場を固めるための人手も足りていないような状況で、火中の栗に手を突っ込むようなことはどちらにしてもできん。どちらにせよ静観するしかあるまい。コースケ、仕事を増やしてすまないが、食料の増産と保存技術の研究を進めておいてくれ。あと、国民の生活の質を向上させられるような道具や魔道具を作ってくれるとありがたい。ああ、あと国民に何か職を与えられるような発明も頼む」

「食料とその保存方法に関しては了解したけど、それ以降はちょっと無茶振りが過ぎないか⁉」

俺は逆さにして振ったら無限にアイデアが出てくる便利アイテムじゃねぇぞ！

「無茶振りをしたくなるくらい問題が山積してるんだ……」

シルフィがそう言いながら自分の手でこめかみの当たりをぐりぐりと揉み込む。まぁそうね。今まで奴隷として使われていた亜人達の自立支援もしなきゃならないわけだし。ある意味で仕事にあぶれた彼等の面倒を見なければ、俺達解放軍の仕事も公平さを欠くというものである。

「全部をいっぺんに解決するのは無理だが、可能な限り何かしらの対策を考えておくよ。それ以外に俺の力が必要な時は遠慮なく言ってくれ」

「その時は遠慮なく頼らせてもらう。とりあえずは頭を撫でてくれるか？」

「仰せの通りに」

甘えてくるシルフィの頭をしばらく撫でくり回した。なお、その様子を見て我慢ができなくなったメルティの頭も撫でくり回すことになった。

Different world
survival to
go with the master

あとがき

『ご主人様とゆく異世界サバイバル！』の七巻をお手に取っていただきありがとうございます！

少しお久しぶりですが出ました、七巻。

やったぜ。

私は親不知《おやしらず》を抜いたのが最大のイベントくらいで、基本的に大過なく平穏無事に過ごしておりました。皆様にもそうあってほしいと思います。ご安全に！


作者の近況というか最近遊んだゲームの話でも。

年末から年明けにかけては去年のＧＯＴＹを獲得したバルダーズ・ゲート3を、最近は可愛いデフォルメ風味のモンスターを捕まえてサバイバル生活をする某ワールドを遊んでいました。話題のものには触ってみないとですからね！

どちらも大層な賞を受賞したり、売れて話題になっているだけあって大変にやりごたえがあり、面白いゲームでした。やはり良いゲームに触れるのは心の栄養になりますね。

さて、次は今回も作中であまり語られない裏設定を公開していきましょう。今回は割と物語の核心に触れる話です。亜人種という存在についてですね。

基本的に亜人種という存在はヒトをベースに高度な技術によって様々な特性を付与された、人間の亜種とでも言うべき存在です。なので、基本的にどの亜人種もヒトとの交雑が可能となっています。ただし、亜人種同士の場合は種族、つまり特性がある程度近い種同士でないと極端に子供が作りにくくなったりします。ヒト相手だと同種と同じか、少しできにくいくらいになりますが。
近縁種同士の場合は互いの特性が微妙に交じりあった種が産まれることもありますが、基本的には両親の種族のどちらかとして生まれてくるパターンが多いです。この場合の近縁種というのは所謂《いわゆる》獣人同士だとか、人間とエルフだとかですね。この世界のエルフは亜人の中で最も人間に近い亜人種です。

作中に出てきている種だと、人間種と近いようでかなり遠い種なのはアイラのような単眼族だったりします。単眼族は巨人種亜種の単眼巨人種から単眼鬼族種に派生し、更にそこから突然変異で小型化し、奇跡的に固定化された種なので。稀に単眼族の間に先祖返りとして角が生えたり、身体が大きかったりする子供が産まれることがあります。

え？　グランデ？　人化したドラゴンはなんというかほら、不思議パワーで都合良くなっているので……そんな投げやりで良いのか⁉　と言われると心苦しいのですが、そもそもドラゴンという存在が生命力に於《お》いても魔力と呼ばれるリソースの保有量に於いても他種を圧倒する存在である上に、莫大なコストを利用して人化の処理を行なったので、もう望むように都合の良い状態になれてしまえるというわけなのです。最早存在そのものが魔法みたいなものですからね、今のグランデは。

人化する前のグランデならメルティは近接戦闘で圧倒することが出来ましたが、人化を経《へ》た後のグランデと本気バトルをすると流石に魔力量的な意味で勝ち目が薄いのです。もっとも、グランデにはメルティに対する苦手意識が刷り込まれているので、本気バトル自体できるかどうか怪しいのですが。

そもそも亜人種って誰がどんな目的で作ったの？　という話をすると、強大かつ絶対的な技術を持つ存在達がヒトという種の可能性をキャッキャしながら好き勝手に捏《こ》ね回した結果生まれたものです。特に目的意識はなく、純粋な知的好奇心とか知的探究心の産物ですね。

その存在達は適当な居住可能惑星に捏ね回した亜人種と、捏ね回す前のヒトを放ち、笑ったり怒ったり悲しんだりニヤニヤしたりしながら今も彼等を見守っています。

捏ね回された側から見ると割と邪悪。


さて、それでは今回はこの辺りで失礼させていただきます。

ＧＣノベルズのＩさん、Ｏさん、イラストを担当してくださったヤッペンさん、本巻の発行に関わってくださった皆様、そして何より本巻を手に取ってくださった読者の皆様に厚く御礼申し上げます。

出来ればまた、次巻でお会い致しましょう！

リュート

Different world
survival to go with the master
ご主人様とゆく
異世界サバイバル！
サバイバル1日目
サバイバルから寝室シーンまで
コミカライズ!!
コミックライドにて好評連載中!!
SASAYUKi
原作 リュート
キャラクター原案 ヤッペン
http://comicride.jp/

強敵だらけの
武闘大会で
GC NOVELS
転生したら剣でした
"I became the sword by transmigrating"
Story by Yuu Tanaka, Illustration by Llo
棚架ユウ　イラスト／るろお
17